MW01244128

DONDE ANIDA EL COLIBRÍ

Editorial Primigenios

Zuleica Ruíz Peix

Donde anida el Colibrí

1era edición, Miami, 2019

ISBN: 9781699385739

Edita: Editorial Primigenios
Edita: Editorial Primigenios
Miami
Email: editorialprimigenios@yahoo.com
https://editorialprimigenios.org

Edición y maquetación: Eduardo René Casanova Ealo

En memoria al señor del cabello de nieve
que perfumó mi niñez.
A mi hijo Rafael, amor de mi vida.
Para Robin, mi apoyo total,
en esta tarea de flotar en mi mundo.

... si pones asunto a lo que te voy a relatar,
vas a echarle a la mente un pensamiento que roer.

LUIS FELIPE RODRÍGUEZ

Aquel verano era uno como otro cualquiera donde el calor insoportable no nos dejaba dormir. En aquellos tiempos nuestro programa veraniego era reunirnos bajo el frondoso árbol de mamoncillo, allí donde cada año anidaba un colibrí. Era delicioso el olor de aquellas florcitas diminutas. Cada noche escuchábamos los cuantos de nuestro Tata. Me parece estar viendo su figura imborrable. Con aquella camisa blanca endurecida por el almidón, que le daba un aire noble en medio de aquel pobre panorama. Su espesa cabellera blanca parecía una burla a su negra piel, sus ojos grisáceos llenaban de emociones todas aquellas historias que adornaba con sus ademanes, sus dones de realeza hacían de mi Tata la más hermosa figura de sus cuentos. Escucharlo era hojear las páginas de un libro misterioso. Me encantaba oírlo hablar de cuando llegó a Cuba y siempre se humedecían sus ojos al decir que había encontrado a su hermano; casualmente. A veces era difícil descifrar su español torcido, pero una vez dentro de su propio mundo, también eras parte de él. Cada cosa era para mi Tata, el motivo de una historia. Decía, por ejemplo, que el caguayo bajaba a las doce del día a besar la tierra y que las piedras en las noches cobraban vida y probablemente, la piedra que maldecíamos al tropezar había llegado desde París como pasajero ciego en un barco, o que quizás era el amuleto de algún negro traído de África. Decía que el rocío eran las lágrimas del sol, que nunca pudo hacerle su confesión de amor a la luna y que las lucecitas de los cocuyos no siempre eran cocuyos, que a veces podían ser los primeros dientecitos de un duende que revoloteaba por el monte. Pero sus historias no siempre eran tan dulces. A veces pasábamos días con miedo a la oscuridad por los cuentos de mi Tata. Fue una infancia llena de refranes y dicharachos, colmada de supersticiones y justificaciones que a veces hacían más pasajera las calamidades y más llevadera la vida en la pobreza. Las supersticiones de mi Tata eran el mejor antídoto contra la queja.

Han pasado ya casi treinta años, después de aquel su último verano. Después de mucho tiempo encontré el valor para ir a verlo de nuevo. El cementerio estaba desolado, los ángeles y madonas se erguían entre las tumbas y panteones blancos, a veces bañados de granitos manchados por el tiempo. Una que otra palma manchaba de verde intenso el perfecto panorama blanco. Los pabellones antiguos, se mezclaban con columnas y frontones labrados cuidadosamente por algún olvidado artista. Toda aquella combinación de tiempos pasados insistía en el afán de seguir categorizado sin éxito nuestra existencia. Mirando un ángel sentí piedad de mí, me di cuenta de que la mortalidad puede irse en cualquier instante. Hoy visitaba yo a mi Tata, mañana (con suerte) quizás alguien me visitaría a mí y pensé en aquel día en que el viejo al caerse una ciruela me dijo:

—¿Lo ves? Nosotros no somos más que eso, ya está ciruela llegó a su final, como el gato jíbaro que no tuvo suerte al cruzar la guardarraya. No somos mejores, algunos cruzan con más suerte, otros no.

Ese día no entendí lo que decía, era una niña y a veces me faltaba el deseo de descifrar sus enigmas, pero hoy me daba cuenta de que muchos ya habían llegado al final y eso no se detenía, pero bueno aún estoy aquí, pensé mirando al ángel, y sentí que me sonreía comprensivo.

Puse despacio un mazo de florecillas de mamoncillo y recordé con nostalgia, su último verano. Te echo de menos Tata, susurré. Besé las flores, cerré los ojos y disfruté aquel aroma sin igual que olía a pura niñez. Desde ese día sentí ganas de resucitar sus historias. Desde ese día me siento

Tata, también yo hablo un idioma torcido que a veces merece una intensión abstracta para entenderme, al igual que él me valgo de los ojos y las manos para completar mi lenguaje. Hoy también tengo historias que contar que aunque no con tanta magia como mi Tata, espero que algún día mi hijo pueda recordar.

Se quitó los zapatos rotos, y dobló con prisa su pantalón de lino, hasta las rodillas. Anudó los cordones de ambos zapatos y los puso tras su cuello dejándolos colgar sobre su pecho. Ajustó las asas de la jaba hecha de sacos a su hombro y midió cuidadosamente la distancia entre la primera piedra y la orilla del arroyo. Tengo que llegar pronto, el viejo me dijo que antes que el escupitajo que había tirado al suelo se secara, debía estar en casa. Pensó con paso firme; saltó de una piedra a la otra hasta alcanzar la otra orilla del río. Después de caminar un poco se dejó caer sobre la hierba y anudó sus zapatos con prisa.

Era difícil caminar entre el lodo en la elevada colina que llegaba hasta el cafetal. Esquivando las ramas de los arbustos floridos de café, en poco tiempo, había llegado al árbol grande de mango. Miró hacia arriba y vio tres mangos maduros en un solo mazo. Lanzó un par de piedras y recogió felizmente los mangos que cayeron. Los metió con prisa en la jaba después de olerlos y bajó la otra parte de la colina corriendo.

—Ya llegué papá.

—Sí, entra hijo.

—Mire, aquí le traje el encargo.

Y poniendo las cosas sobre la mesa, agregó:

—La pasta de dientes, el pan, la harina, un poco de petróleo para el candil y las dos cajas de cigarros. —¡Ah! y me encontré unos manguitos en la mata de mango jobo.

Dijo extendiendo la mano que fue encogiendo lentamente al ver como el viejo le retorcía los ojos mientras rasgaba la esquina de la cajetilla de cigarros. Se puso el cigarro en la parte izquierda de sus gruesos labios, salió de la choza y tomó un palo del fogón de leña que había un poco apartado de la casita. Entornando los ojos para evitar el humo que salía del contacto de la brasa con el cigarro aspiró una rebanada de humo y cerró los ojos deleitándose, mientras apartaba el palo encendido de su rostro.

—Oiga, usted siempre está comiendo de lo que pica el pollo. —Dijo encorvándose para poner el palo de nuevo en la fogata.

Tomó un cucharón grande que colgaba en un clavo incrustado en el fregadero saliente de la choza y le soltó:

—No le dije que tenía que traerme sal. Ya ve, el puré de tomate casi está, acuérdese que tengo varios encargos—. A tiempo que levantaba la pulpa roja, dejándola caer de nuevo en la olla.

—Arranca a casa de Domitila y dile que me preste un poco de sal, que mañana se la devuelvo.

—Papá, tú sabes bien que no me gusta ir allí.

—Oye tienes que ir. Si no anduvieras pensando en las musarañas, ahora no tendríamos ese problema, hoy hay que envasar todas estas botellas.

Señaló con el cucharón el montón de botellas que estaban dentro de una palangana de metal.

—Pero papa. Replicó el muchacho.

El viejo levantó el brazo y grito:

—¡Te callas!, que vayas y no se habla más.

El muchacho cruzó los brazos automáticamente sobre su cabeza para detener el golpe que se avecinaba. Frunciendo el ceño se metió en la choza y agarró una lata vieja que había en una vitrina vieja al lado de la mesa.

—¡Domitila! ¡Domitila! —Gritaba llevándose las manos a la boca—¡Domitila!

—¡Ave María purísima muchacho, no me grites que no estoy sorda! ¿Qué te trae por aquí? Dijo la señora secándose las manos en su delantal zurcido; salió al portal, achicando los ojos para aclarar su mirada.

La casa era inmensa, de techo elevado, altas columnas y arcos trabajados. Estaba allí en medio de la nada, junto a un cañaveral. El muchacho reparaba su mirada en los arcos elevados y los tallados parales. El viejo contaba que los padres de Domitila habían sido gente muy rica y que antes de la Revolución, eran los dueños de todos aquellos contornos. El señor Donato, padre de Domitila, mandaba hasta allá donde se perdía el horizonte. Es una pena que sea una mujer tan solitaria, interrumpiendo su pensamiento dijo de repente:

—Mire Domitila soy el hijo del negro Tifuá, el que vive después del cafetal del riachuelo.

—Claro que se quién eres muchacho, has crecido mucho pero todavía no estoy loca. ¡Alabao' pero acaba de decir que quieres! ¿Le pasó algo al negro Tifuá?, ¡habla de una vez!

—No, no, Domitila. Lo que pasa es que a mi viejo le hace falta un poco de sal, para terminar el puré de tomate. Dice que mañana mismo se la manda de nuevo es que ya tiene los tomates listos.

Se sintió la risita de la mujer mientras se ajustaba el pañuelo a la barbilla y se acercaba al muchacho. Sus ojos verdes se abrieron dejando entrever su dentadura incompleta.

Dios a mala hora olvidé la bendita sal. Pensó el muchacho mientras retrocedía lentamente. El aspecto de Domitila le causaba escalofríos, tenía unos ojos verdes que parecían atravesarle el cuerpo.

—Espera un momento, dame acá.

La mujer le quitó la lata de entre las manos al atónito muchacho para perderse en la inmensa casa, mientras tarareaba una musiquita.

—Mira aquí tienes y dile a Tifuá, que él sabe bien que la sal no se da y que una casa nunca debe quedar sin sal.

Se quedó mirándolo fijamente. El muchacho cogió lentamente la vasija guardando la mayor distancia posible entre su cuerpo y la mano extendida de Domitila, quien parecía disfrutar el temor del pobre muchacho.

—Espera—, y cogió una bolsa que tenía detrás de la puerta.

—Mira aquí tengo algunas ropas que encontré en un baúl viejo, eran de mi hermano menor, las puedes usar para ti y hay algunas cosas de mi padre, en gloria esté—, dijo poniéndose la mano libre en el pecho y alzando la mirada hacia el cielo. —Las cosas de mi padre bien le deben servir al negro Tifuá. Son ropas muy viejas pero te quedarán mejor que esos andrajos.

El muchacho cogió la bolsa con prisa. Metió dentro la lata con la sal y se alejó con pasos precipitados.

—Gracias Domitila, muchas gracias. Dijo alzando la bolsa sin mirar atrás.

—También te eché un turrón de almendras —gritó Domitila alzando las manos—; Creo que ni me oyó—. Susurró Domitila—. Pobre muchacho.

Después de atravesar el cafetal se detuvo unos segundos y aspiró profundamente cerrando los ojos para saborear el olor a café. Debe haber alguien en la casa para que el viejo haga café a esta hora. Pensó mirando el sol que se perdía en el horizonte. Con la mamo que le quedaba libre frotó sus ojos para aclarar su vista y se dio cuenta de que la silueta de los caballos que estaban bajo el frondoso árbol de mango. Tres caballos, ¿qué raro, pensó, habrá pasado algo en el pueblo?

—Viejo ya estoy aquí.

—Al fin ya era hora dame acá muchacho.

El muchacho extrajo la lata de dentro de la bolsa y se la dio sin levantar la mirada del piso.

—¿Y eso qué cosa es?

—Esas son unas ropas que me dio Domitila.

—Oye sabes bien que no me gusta que andes mendingando nada en casa de nadie, mañana se la devuelves.

—¡Pero viejo!

—No se diga más carijo—. Gritó Tifuá, furioso. —Mañana se la devuelves y ya, que mala costumbre de contradecir caray que mientras vivas conmigo aquí mando yo.

—No sea bruto Tifuá, la mujer se lo ha dado de buena fe; además la verdad no le viene nada mal—. Dijo uno de los hombres moviendo en círculo el jarrito de metal que sostenía en las manos y reparando en el pantalón zurcido que llevaba el muchacho.

—¿Cómo está Julián? —dijo el muchacho, lanzando la mirada con timidez.

—Bien muchacho—. Le dijo Julián halándolo con la mano hacia sí estrechándolo en sus brazos, cuidando que el poquito de café que quedaba en el jarrito no se botara.

—Caramba, cómo has crecido, hasta hace poco eras un vejigo. Mira allá adentro, te dejé un plato con boniatillo, que te mando Tomasa.

—Gracias Julián, dele mis saludos a Tomasa y a sus hijas.

—Serán dados muchacho.

—Que cuenta mi hijo. Le dijo otro hombre que estaba cerca de la fogata, mirando cómo Tifuá, vertía la sal en la olla y seguía removiendo la pulpa.

—Estoy bien. —contestó el muchacho alzando el brazo.

—Mira Paco, este es el hijo de Tifuá. —Alegó Julián.

—Mucho gusto muchacho. ¿Cómo te llamas?

—Soy Pedro, Pedrito, pa' servirle señor.

Yo soy Francisco, para los amigos, Paco, soy nuevo en la zona, compré la finquita que colinda con mi compadre Julián.

—Sí, sí, ya he oído hablar de usted.

—Bueno vamos a terminar de llenar todos los faroles, ya casi es de noche.

—Viejo que es lo que van a hacer, ¿van a casar faisanes?

Julián rompió en una carcajada.

—Faisanes, muchacho ojalá, esta noche vamos a resolver, de una vez por todas, el problema que nos ha traído ese animal.

—No sé de qué hablan. —Dijo el muchacho encogiéndose de hombros.

—No le interesa tampoco, arranque pa' dentro que allí le dejé servido un plato de harina de maíz y un jarro de leche. Esto es cuestión de hombres así que vaya a comer pa' que ahorita se meta en la cama que mañana hay que levantarse tempano a ordeñar. Además, tiene que llenar todas esas botellas de puré por *entretenio*—. Alegó Tifuá, retirando con gran esfuerzo la olla de la candela.

—Oiga compay con el mayor respeto; ya el muchacho es casi un hombre, debía ir con nosotros. Además, toda ayuda sería buena.

—Oiga ese es mi hijo y yo decido lo que puede o no puede hacer compay, no se entrometa más. Así tan largo como lo ve, todavía es un *culicagao*.

Julián tragó en seco y se ajustó a la cabeza el ancho sombrero, un poco indignado.

—Bueno mire Tifuá, si va o no va es problema de ustedes pero al menos tiene que saber a qué vamos.

Tifuá lanzó un vistazo enojado a Julián, miro al muchacho que ya se había acomodado en el taburete, recostado a la pared junto a la puerta, sosteniendo el plato de harina en la mano.

—Mira muchacho lo que pasa es que hay un animal acabando con los pichones en los alrededores, yo pienso que se trate de un gavilán. Esta noche nos vamos a encontrar un par de gente allá junto a la ceiba y vamos a procurar capturar al bicho.

—Bueno ya sabe de qué se trata, termine de comer y póngase a menear un poco el puré a ver si se enfría más rápido.

Ya había oscurecido, era una noche de luna llena por lo que se podían percibir las siluetas de los tres hombres a caballo que ya llevaban más de media hora en el camino después de haberse encontrado con ocho hombres más en la mata de ceiba.

—Bueno creo que ahora debíamos ir a pie, para hacer menos ruido dijo Paco.

—Si, tienes razón, mejor nos dividimos para buscar en los arbustos con una noche tan clara no será difícil ver el animal. El primero que lo vea silba y enciende y apaga su linterna. Me parece buena idea. Luego uno de nosotros tiene que encandilar al animal alumbrándole a los ojos y a los demás les toca tirarles las piedras, no podemos fallar, si el pájaro se nos escapa vamos a demorar en poderlo agarrar—. Explicó Julián.

Silenciosamente se deslizaba el muchacho entre los arbustos. Había seguido el trotar de los caballos. Aprovechaba el ruido de los pasos de los hombres para avanzar en la punta de los pies al ver que se detuvieron se sentó detrás de unos matojos de marabú nuevo. Emitió un chillido esquivándose las hormigas bravas que le picaban las piernas. Se rascaba con prisa y poco a poco se deslizó hacia un mazo de hierba de guinea y allí se tendió.

Los hombres miraban detenidamente hacia arriba cada cual en su lugar, Julián alcanzó a ver el aletear de un ave inmensa que pasó de un árbol hacia otro, enseguida silbó emitiendo e ruido de la tojosa.

—¡Solavaya! Dijo Tifuá en voz baja, persignándose. No se le ocurrió a este sonar como otro animal, el canto de la tojosa siempre va acompañado de desgracias.

Lentamente se acercaba hasta Julián que hacía alumbrar su linterna de forma interrumpida.

—¿Lo viste? —Preguntó Tifuá.

—Sí pero en la vida había visto animal tan grande. Eso no es un gavilán, es mucho más grande, bueno lo que sea a hecho suficiente estrago.

—¿Dónde está?

—Mira está en aquel framboyán, dijo señalando el árbol cuya numerosas fundas podían reconocerse en la oscuridad, no podemos perder tiempo; vamos antes que se espante.

—Si vamos— dijo Paco, haciendo un ademán con el brazo.

En una rama gruesa se podía divisar la inmensa ave. Su contraste con la luna brillante parecía algo irreal.

—Ave María purísima, pero esto qué es, Paco yo que sé, es una lechuza o algo así, es inmenso este bicho bien podía devorar un lechón recién nacido.

—Oiga compay no exagere.

—¡Cállense ya carajo!, todavía se va. Arriba ¿quién lo va a alumbrar?

—Yo. —Dijo Tifuá y agarro la linterna como un trofeo.

—Bueno entonces saca las piedras Paco, no podemos fallar tienes que darle con todo, aquí están los palos. Ese animal no puede quedar con vida.

El muchacho se había acercado a los hombres y se había escondido detrás de un árbol cercano, emitió un sonido al tratar de evitar tapar con el índice ambas fosas nasales para silenciar el estornudo que le había causado un insecto que se le había colado por uno de los orificios de la nariz.

—¡Caríjo Paco que te estés tranquilo! —Dijo Tifuá.

—Que no he sido yo; debe haber sido alguna rana que se está comiendo una culebra—. Susurró Tifuá.

—Bueno acaba de alumbrar ya —dijo Paco.

El enorme pájaro aleteó repentinamente y corrió sus garras en las ramas. De repente la luz de la linterna dejó a la vista al gran animal. Era un búho gigante.

—*Alabao*. Dijo Julián, llevándose las manos a la cabeza. El ave movió la cabeza y parpadeó intentando reconocer la situación. En ese mismo instante dos piedras se estrellaron contra su cuerpo, aleteando perdió el equilibrio y cayó en la maleza.

—Oye se cayó—. Grito Tifuá.

—¿Le dimos?

—Sí, le dimos—. Respondió Paco.

—¡Corre *caríjo* que se nos va!

La inmensa ave revoleteaba en el piso. Los hombres daban golpes al azar,

—Creo que le partí el ala —dijo Julián.

Los golpes de Paco emitían un sonido hueco.

—Le estás dando en el pico—. Gritó Tifuá, que se había quedado paralizado divisando como el ave aleteaba sin control y emitía unos chillidos nunca antes escuchados.

En uno de sus movimientos lanzó a Paco de un tirón hacia la orilla.

—¡Ay carajo! creo que me he roto la cabeza.

Julián y Tifuá corrieron a su auxilio.

—Hay carajo yo creo que esto es sangre.

Julián sacó un pañuelo de su bolsillo mientras Tifuá, le alumbraba la herida con la linterna.

—¡Ave María purísima Paco, menudo tortazo!

—Me duele mucho—. Decía Paco, sosteniendo la cabeza entre sus manos—, caí sobre una piedra.

El muchacho estaba quieto detrás del tronco y no quitaba la mirada del inmenso animal que aún revoloteaba en su esquina.

—Oye tenemos que irnos hay que curar a Paco está perdiendo mucha sangre—. Dijo Tifuá.

—Si pero tenemos que acabar con este bicho.

De Pronto, sintieron ladridos desesperados.

—Lo que nos faltaba, los perros jíbaros. —Gritó Julián.

—Mira Tifuá, ve a buscar los caballos que yo voy a ir con Paco bordeando el río y así nos alcanzas. Date prisa hombre. Ripostó Julián alzando la voz para hacer reaccionar a Tifuá, que se había quedado inmóvil.

—Sí, si claro ya voy, enseguida estoy aquí.

Y salió corriendo entre los matorrales.

El muchacho contenía sus manos alrededor de la boca para agudizar los ladridos que estaba emitiendo. Al cerciorarse que todos se habían ido se acercó cuidadosamente al bulto cuyos movimientos eran cada vez más débiles.

—¡Ay bendito sea mi Dios! —Dijo el muchacho crucificándose—, ¿esto qué cosa es?

Se detuvo a mirar al inmenso animal. Despacio acercó sus manos y con gran esfuerzo logró voltear el inmenso Búho que era casi de su tamaño. Un ruido espantoso se dejó escuchar al intentar tocarle el ala. De un brinco el muchacho cayó de nalgas, alejando su cuerpo empujándose con los pies hacia atrás.

Su respiración era entrecortada y se sentía el burbujeo de la sangre que brotaba por los orificios del pico. Lentamente el muchacho se volvió a acercar, sacó un trapo de su bolsillo y vertió un poco de agua de la cantimplora que tenía metida en la funda colgada del cinturón.

—No tengas miedo, —susurró—quiero ayudarte.

El ave clavó la mirada de sus inmensos ojos en la silueta del muchacho y dejó de revolotear. Cuidadosamente limpió el pico sangriento. De repente el muchacho se perdió en el matorral. Extrajo un cuchillo de la funda de la cantimplora y cortó varios palos, luego haló los bejucos que se podían distinguir en la noche clara. Rápido fue hasta el ave y amontonó los palos y el bejuco que había envuelto como cuerdas entrelazándolos entre su índice y pulgar y volteándolos por el codo. Despacio comenzó a inmovilizar el ala del animal.

—Una vez vi cómo el viejo entablillaba a José, cuando se cayó de una palma y se quebró la pierna, dice que cuando algo se rompe lo mejor es que permanezca inmóvil—. Decía en voz baja acariciándole el plumaje al ave.

La madrugada comenzaba a aclarar. El muchacho se dio cuenta de que se había quedado dormido. Se puso de pie de un salto asustado.

—Mi madre el viejo me mata, ya debe ser hora de ir a ordeñar las vacas, mejor me voy.

Inmediatamente buscó con la mirada al ave.

—No te puedo dejar aquí ellos vendrán a buscarte.

Salió corriendo hasta llegar a una palma cerca del rio, recogió una yagua vieja y regresó hasta donde estaba el pájaro. Con esfuerzo logró rodarlo hasta ponerlo en la yagua, agarró la punta, arrastró al animal durante unos minutos. La hierba, húmeda por el roció, hacía que rodara con facilidad. Separó los arbustos y matorrales. Aquí venía cuando era niño a esconderse del papá, cuando estaba furioso.

—Papá aquí está la leche, acabo de ordeñar. —Hay caramba muchacho ni cuenta me había dado que ya te habías ido. Tifuá estaba sentado en la mesa con las dos manos en las mejillas como cuando la preocupación le invadía.

—¿Viejo que pasó?

—Nada mijo' que el pobre Paco se ha lastimado muy fuerte la cabeza. El médico dice que hay que esperar pero que puede ser algo serio. Ay, María Santísima, que hemos hecho, pobre Paco. Imagínate mijo' el pobre hombre puede quedar medio *atolondrao* pa' to' la vida.

—No te pongas así viejo, ya verás que no será nada grave—. Dijo el muchacho, oprimiendo el rostro de Tifuá contra su barriga, que permanecía sentado y comenzó a sollozar.

El muchacho estaba muy asustado nunca antes había visto a Tifuá así. Sintió como las lágrimas de Tifuá atravesaban su camisita gastada tocándole la piel.

Durante casi dos semanas el muchacho pasaba todos los días por la cueva y daba de comer y de beber al ave. Salía bajo la excusa de recoger leña, buscar mangos maduros, recoger café o irse a buscar huevos de codornices. El viejo Tifuá había caído en un silencio total desde que supo que el pobre Paco no mejoraría y que sus hijos habían tenido que llevárselo para el pueblo porque no podía valerse por sí mismo.

Una tarde el muchacho fue como de costumbre a ver a su nuevo amigo pero la cueva estaba vacía, se sorprendió mucho porque todavía no podía volar bien; su ala aún estaba rota, y su pico no había sanado del todo. El muchacho se marchó cabizbajo. Iba muy triste pensaba en la pérdida del nuevo acompañante, en el pobre Tifuá inmerso en su tristeza y en el fatal destino de Paco. *Bueno, no puedo quedarme a llorar mis penas, mi viejo me necesita si no se reanima se me va a enfermar. Realmente debía estar contento de que ya está bien en algún momento tenía que dejar que se fuera. No se puede esperar el agradecimiento eterno cuando se hace algo bueno como dice Tifuá. Es un ave majestuosa. Pobre viejo, ojalá levante el ánimo, lo conozco bien y sé que hizo lo que otros pensaban que era lo mejor. Mi viejo, el negro Tifuá, siempre respetó a los animales, a veces hasta me decía que nosotros habíamos invadido su terreno. Sé que si bien estaba sufriendo por lo de Paco, el hecho de pensar que había matado casi por placer a un animal tampoco lo podía dejar en tranquilidad.*

El muchacho ponía la mano en su pecho tratando de aliviar la opresión que sentía. *Y así dicen que el alma no duele, no hay quien pueda curar ese dolor que no se ve. Voy a pasar por el pueblo a buscarle cigarros al viejo. Seguramente esto lo alegrará.*

—Viejo mira te traje una cajita de cigarros y un turrón de los que tanto te gustan.

—Pasa mijo'. —Dijo Tifuá desde adentro con júbilo, se sentía muy emocionado. —Ay mijo' ahora mismo se acaba de ir Julián dice que Paco se está recuperando que si Dios permite dentro de tres semanas está de nuevo en su tierra.

Y salió de la choza alzando sus dos largas y delgadas manos al cielo. Ay, madre santísima, mira que le he rogado a todo lo grande que ese animal se salvara, mijo' ese bicho se salvó y le perdonó la vida a Paco.

—Viejo qué cosas dices. – preguntó el muchacho dejándose abrazar y respondiendo el abrazo al anciano emocionado.

—Sólo somos un pedazo más de este monte mijo'. Ese animal hizo lo mismo que hacemos nosotros todos los días, tratar de sobrevivir. Hay mijo' mira vete a la casa de Domitila y dile que me fie una botella de vino y de paso le devuelves la sal que le debo, ay caray la providencia divina es grande. Mira agarra ese poco de leche y esa botella de puré y también llévasela.

Le indicó con un ademán hacia las cosas que había en la mesa y se fue silbando rumbo al cafetal.

El muchacho ya había atravesado el cañaveral y cerca de la casa se puso las manos en las rodillas y tomó aire profundamente. Se quitó el sudor, rodando el antebrazo hasta las puntas de los dedos por la frente, y subió los escalones del portal polvoriento. *Qué raro, la casa de Domitila siempre estaba muy limpia. A lo mejor Domitila se fue unos días, pero ¿para dónde?, desde que tengo uso y razón no conozco ningún familiar de Domitila, dicen que los pocos que quedaban se fueron del país.*

Puso ambas manos en forma de bocina alrededor de la boca:

—¡Domitila!, ¡Domitila!, soy yo Pedrito, el hijo de Tifuá. ¡Domitila!

El muchacho gritó una y otra vez sin escuchar respuesta alguna. Luego fue volteando la casa empujando cuantas puertas y ventanas veía. La puerta trasera estaba abierta. La empujó temeroso y entró. *Domitila*, dijo entre dientes. Dejó la puerta entreabierta para poder ver, atravesó el espacioso comedor deteniendo su mirada en los hermosos jarrones de porcelana y reparando en los raros cuadros que colgaban de la pared.

—Domitila—. Murmuró, empujando las dos hojas de la puerta que conducía a una de las habitaciones. Sintió un alivio inmenso al ver que alguien se movía en una cama a un costado de la habitación. Abrió la ventana con prisa.

—¡*Alabao* Domitila que le pasa! —Gritó el muchacho asustado al ver a Domitila enroscada debajo de las sábanas. Estaba de espaldas a la puerta. El muchacho la tocó lentamente.

—¿Domitila se siente mal?

Domitila gimió al sentir el contacto de la mano del muchacho contra su brazo.

—¿Ave María santísima por amor de Dios que le pasó? La mujer volvió el rostro lentamente, sus labios estaban impresionantemente destrozados. Los ojos del muchacho se abrían como hipnotizado, al mirar los ojos de Domitila pudo reconocer aquella mirada sin igual. Desplegó una sonrisa y dejó que la mano de Domitila se aferrara a la suya. *¡Gracias muchacho Gracias!* Dijo en un suspiro.

El canto de la tojosa

Se sentó en una piedra junto al bohío y respiró profundo el aire de la madrugada que olía a jazmines y azahares. Cerraba los ojos e intentaba suponer que todo era irreal. A lo lejos se escuchaba el canto de los gallos que transmitían de uno a otro una noticia matutina, luego volvía a reinar el silencio, solo quebrado por el sonido de uno que otro grillo o el croar de las ranas.

El hombre cabizbajo alzo la cabeza hacia el cielo buscando alivio en la luna y refugio en las estrellas. De pronto sintió el canto de la tojosa y buscó con desesperación su origen.

Dentro de la choza alumbraba triste un farol, la luz del alba ya casi se imponía. El perro aulló desconsolado, despacio y solemne salió la comadre Juana del bohío.

—¡Es una niña compadre! En hora buena; ya tiene usted nueve hijos, gracias a la providencia divina.

Los cansados ojos de la mujer se clavaron en la mirada de aquel hombre alto y delgado, de cuerpo empinado y orgulloso como una palma, cuya realeza se imponía ante aquel panorama como un rey en tierra ajena.

La mujer posó la vista en el suelo durante unos segundos. Luego, levantó la cabeza y la movió despacio.

Una lágrima se escurrió por la oscura mejilla del hombre como el roció en el ébano. Su rostro permaneció inmóvil. La tojosa, vestida de luto, se acercó a una rama y volvió a cantar.

Sé que no cantas tojosa, —pensó el hombre—sé que sollozas conmigo y has traído ya la noticia que lo gallos le profesaron al monte. ¿Qué será de mi Carmen querida? ¿Qué será de mí?

La comadre se perdió en las penumbras y el hombre buscaba sin éxito una explicación, una señal, un consuelo. Solo sintió que podía escuchar el ruido del arroyo, el zumbido de las abejas, el paso del caballo lejano y el vientre de las culebras al rosar las hojas secas. Entonces comprendió que el monte entero estaba a su lado y que aquellos animales veneraban a su Carmen y a sus hijos. Se dio cuenta de que el canto de los gallos solo fueron el comienzo de una complicidad eterna. Finalmente supo que era uno más entre tantos incrustados en la soledad de la espesura. Y se preguntó si acaso el llanto de la tojosa era el cierre nupcial o el anuncio triunfante de la vida. Nunca se preocupó por comprenderlo simplemente se resignó en aceptarlo pero por siempre quedaron dos sentimientos clavados en el alma, al escuchar el canto de la tojosa.

GRAVEDAD

Apresurados se perdieron los dos hombres en la espesura del monte, despojando a su paso con el garabato y el machete cuanta hierba y gajos le impedían el paso.

Delante iba Bartolomé; un mulato alto y delgado de bigote copioso y detrás iba don Gerónimo, un hombre de piel blanca, de baja estatura y escasa cabellera.

—Pues sí, como le iba diciendo todas estas propiedades fueron de mi abuelo, luego de mi padre y ahora son mías.

—Si Don Gerónimo, la verdad es que usted tiene el mejor terreno que hay en todos estos contornos pero como le contaba, tengo algo que decirle: como usted sabe mi mujer va a tener otra criatura por eso necesitaba un pedacito más de tierra para ampliar mi cosecha y criar un par de animales más.

—Bueno, y a usted quién lo manda a tener tantos hijos—. Interrumpió Gerónimo, ajustándose el pantalón y secándose el sudor de su frente colorada.

Mire este algarrobo está bueno para hacer una biga; le dijo mostrándole una rama larga y gruesa en lo alto. Yo voy a serruchar el palo y usted vaya a ver si coge unas pencas de palma para arreglar el rancho de los animales.

El hombre subió con esfuerzo al árbol y se puso a serruchar despacio.

—Mire Don Gerónimo... —repuso Donato señalando la gruesa rama.

—¡Que no me interrumpa! —Gritó Gerónimo—, es que los pobres a parte de pobres son brutos. Dios le da barba a quien puede hacer algo con ella, ustedes sólo la cogerían para criar piojos y liendras.

—Pues yo no quiero que usted me regale nada, usted sabe que mi parcela es pequeña pero es mía yo sólo quería que me vendiera un par de cordeles para aumentar mi cultivo es todo.

—Bueno pues mire, yo soy el que le quiero comprar a usted su parcela, le tengo una buena propuesta y mirándolo bien, ahora que va a tener otro hijo le vendría bien acercarse al pueblo.

Dejó, por un momento, de serruchar para volverse a secar el sudor y mirar a Donato desde arriba.

—Mire, si quiere, además de pagarle bien su tierra le doy trabajo a su hija mayor en mi casa.

Donato arrancó de un tajo, con todas sus fuerzas, un mazo de hierba y la tiró a un costado.

—Mire... Don, con todo el respeto que usted se merece, yo con gusto le hago uno que otro trabajito de vez en cuando, pero mis hijas no trabajan como criadas en casa de nadie. Ya con lo que hacemos en la casa nos vamos bandeando. Ya le dije que lo que quiero es ampliar un poco, a fin de cuentas, el terreno que le quiero comprar es el que usted tiene sin usar y está perdido en marabú.

Gerónimo lanzó una carcajada alta que retumbó en medio del silencio.

—¿Es que tú crees que vendiendo mermeladas, melcochas y remendando cuantos harapos les caen en las manos tu familia puede sobrevivir?

—Si lo creo Don, además la mayor quiere estudiar, dice que así podrá ayudarme con sus hermanas algún día.

—Bueno pues entonces no haremos negocios, me pareces un negro creído y arrogante allí te comerá la miseria en tu choza.

Don Gerónimo siguió serruchando la rama en sentido del tronco y con el cuerpo al otro lado del serrucho. El mulato

Donato al ver al hombre justamente cortando la rama en la que estaba sentado y presintiendo su destino, le dijo:

—Está bien Don Gerónimo, usted gana. Me voy a cortar la palma, llámeme cuando termine de serruchar. Estoy seguro de que sí haremos un buen negocio—; y se perdió silbando en el monte.

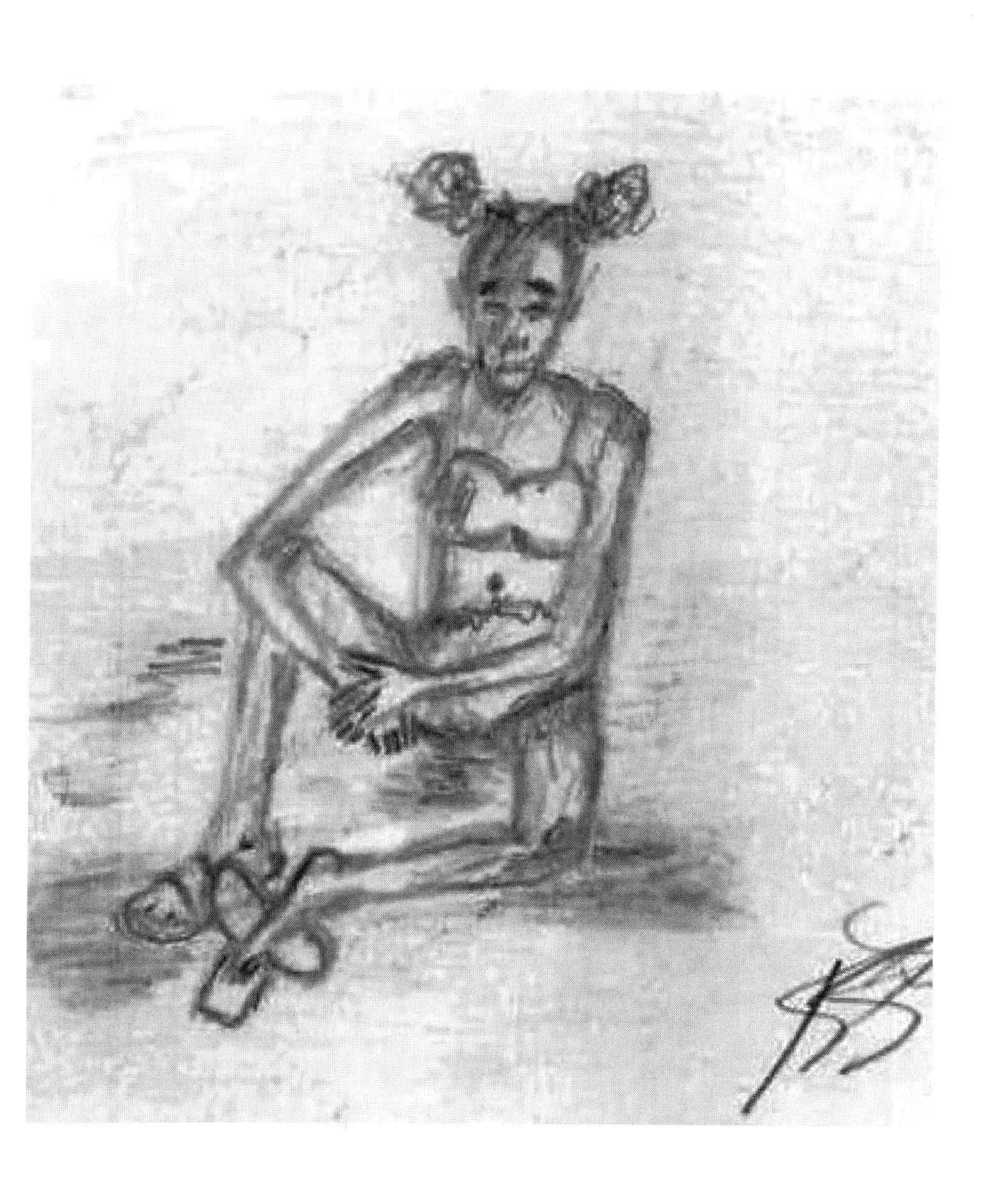

Zapatos rotos

Cerca del rio, sentada sobre una piedra al lado del cafetal estaba una pequeña niña mirando con tristeza sus zapatos rotos y su ropa zurcida. Sin apartar la vista de sus zapatos comenzó a llorar con amargura y justo cuando sus ojos ahogados en lágrimas transformaron las flores en puntos blancos, pasó un duende y conmovido le preguntó: —¿por qué lloras?

—¿Acaso no ves mis zapatos y mi ropa? ¡Qué desgraciada soy! —Gritó llorando aún más fuerte.

—Espera te mostraré a alguien que seguramente le gustaría tener tus zapatos. ¡Sígueme!—Exclamó el duende.

La niña lo miró desconfiada pero se apresuró tras él. Caminaron durante largo tiempo, el duende la animaba una y otra vez a correr y saltar, le mostraba cuantas flores y animales había en el camino. En una ocasión le pidió que subiera al árbol y cogiera una fruta madura, la niña con destreza y entusiasmo disfrutaba de las travesuras permitidas por el duende. Finalmente llegaron a un inmenso palacio. Al entrar había una niña exactamente de su edad sentada en una silla dorada, cubierta con una manta —. Allí la tienes, pregúntale. Dijo el duende y desapareció.

—Hola—. Dijo la niña con timidez— ¿Te gustaría tener mis zapatos?

—Me encantaría —dijo la otra niña—, pero no tengo piernas.

Y cuando el viejo terminó la historia desapareció su mirada en el horizonte por un instante, mientras yo aproveché para mirar mis maltrechos zapatos aferrados a mis maravillosas piernas y la primera estrella asomarse al final de la tarde.

—Si señorita se lo digo yo, nada es más maravilloso que sentir como el azul del cielo y del mar acarician la piel, y como la pureza blanca de los azahares pueden respirarse. Si, cuando usted considera a la luna y le perdona que también descanse y nos deje a nuestra suerte pues también puede notar como la oscuridad de la noche puede palparse y el ardor del brillo de las estrellas puede sentirse.

—Es mejor que ya se valla para su casa Ramón, creo que usted no anda bien. Ha bebido demasiado por hoy—. Dijo la hermosa muchacha al otro lado de la barra.

—¿Qué no ando bien? ¡Nunca antes me había sentido mejor en mi vida! Pero es verdad, tiene usted razón señorita, ya debo irme, puedo oler el gris del cielo y mi piel siente el temporal que se avecina.

—¡Me iré! —Exclamó enérgico.

Con dificultad encontró su bastón y se puso de pie, ajustó las gafas oscuras a su nariz, sostuvo su tasa de café medio llena, olfateó el aire perfumado de colonia de jazmín que revelaba la cercanía de su acompañante. Introdujo la nariz en la diminuta tasa y llenó sus pulmones de gloria, se acercó a la muchacha despacio y le susurró al oído:

—¡Bébalo suavemente, cierre sus ojos y verá!

El viejo

Bajo la sombra del árbol estaban los dos sentados. El viejo, junto al grueso tronco con majestuosidad y enfrente la delgaducha niña con las patas traseras del taburete apoyadas a la pared de la casa de madera que quedaba junto al árbol casi al fondo del patio. La niña miraba al anciano con atención. Sus ojos brillaban de la emoción y su mirada perecía desaparecer en cada detalle de aquel rostro incomparable.

—Dime Tata, ¿cómo fue que viniste a dar aquí, no te dio miedo estar tan solo?

—Por el mar llegué como todos los demás haitianos.

Bajó la cabeza un instante y al subirla ya tenía una sonrisa torcida dibujada. Hizo un movimiento como olas con la mano derecha y comenzó a imitar el sonido del viento con los dientes.

La niña se encogió de hombros y levantó las piernas para evitar mojarse los pies con el mar que sentía llegar desde el abuelo.

—A penas era un muchacho, François me dijo que lo acompañara—. Dijo rascándose la blanca cabellera.

—¿François? —Preguntó la niña dejando caer las dos patas de taburete lentamente hacia adelante.

—¿Y qué pasó con él, también tuvo una familia como tú, Tata?

—¡François! —Exclamó el viejo echando una carcajadita hundiendo su bastón en la fina capa de las florecillas del mamoncillo.

—Ese era mi cuñado, el marido de mi hermana mayor, se fue al cabo de dos años con todo lo que habíamos reunido, me dijo que regresaría y hasta el sol de hoy.

Hundió con fuerza el bastón nuevamente transformando su risa en una musaraña dejando sus ojos grises perderse en la lejanía.

La niña lo miró con los ojos tristes, se levantó de su taburete y poniéndole la mano en blanca cabellera dijo en voz baja:

—¿Entonces fue malo estar aquí no Tata?

—No mi hija, después de todo Dios me miró con ojos de piedad. Llegué aquí buscando bienestar y me encontré con el destino, no creo que en otro lugar del mundo me hubieran dado un premio tan grande como tenerte a ti.

La tomó en sus brazos y la abrazó muy fuerte. —A veces sufrimos demasiado en vano por lo que no tenemos. Una mujer hermosa cambió mi vida.

—¿Quién Tata, la abuela Carmen verdad?

—No hijita. Caramba que no paras de preguntar—. Exclamó sonriendo, se puso la pipa que tenía entre los dedos en la boca, sacó los fósforos del bolsillo de su pantalón y absorbió paciente. Cerró los ojos por unos instantes y volvió a clavar su mirada en la lejanía; como si estuviera ausente.

—Era casi un niño y al ver que François nunca regresó, decidí irme de los campos de caña donde habíamos trabajado juntos. La espera en vano por François me estaba carcomiendo el alma. Entonces pensé que lo mejor era buscar el batey donde decían que vivían los haitianos. Me habían dicho que allí se ganaba muchísimo menos dinero, pero no me importaba, quería simplemente sobrevivir, así fui a dar a Miraflores.

Dijo mientras empujaba con un palito la picadura dentro de la pipa, volvió a chupar con fuerza y le dio un vistazo al orificio humeante para asegurarse que aún estaba encendido.

—Un día por casualidad caminando por el monte me encontré a una mujer tirada en el matorral. Ya te podrás imaginar el susto que me di—, alzó las cejas y se llevó la mano libre a la cabeza—. La mujer lloraba sin consuelo y gritaba fuerte con las manos pegadas a su pierna. Lo primero que hice fue salir corriendo a buscar ayuda. Cuando vi como los hombres que vinieron se la llevaron, regresé para el batey. Al cabo del tiempo la mujer fue a buscarme, no me preguntes como supo quién era ni dónde vivía, yo creo que, como era el único mocoso que había en el batey no fue difícil dar conmigo.

—¿Entonces te dio una recompensa Tata, como en las películas del oeste?

—No hijita, mejor todavía, me invitó a almorzar a su casa, sin importarle el sudor de mi cuerpo y mis harapos. Me abrazó y me dijo que yo le había salvado la vida. Ese día había ido con un caballito flaco y ella misma me llevó a las zancas. Imagínate que en el camino supe que era nada más y nada menos que María Josefa, la maestra de la zona. Me contó que una yegua bravía la había lanzado en el matorral y que llevaba dos días perdida. ¿Te imaginas?

La niña sostenía sus delgadas manitos sobre la boca. Tomando el aire emitió un sonido elevando el aire aspirado en su garganta.

—¡Entonces eres un héroe Tata!

El viejo rompió a reír descontroladamente.

—Bueno en ese momento ni entendía bien lo que estaba pasando, la única palabra que había registrado del todo era "almorzar". A esa edad me podía comer una vaca yo solo. Además, estaba en el lugar preciso que el destino había escogido para mí. ¡Esa fue mi suerte!

La niña sonrió encogiendo los hombros.

—¿Y entonces Tata, qué pasó entonces?

—Bueno. Ese día fue el día más feliz de mi vida. Ella era blanca y hermosa como un ángel solo con la mirada daba ternura, hacia tanto tiempo que nadie pasaba la mano por mi cabeza, que yo era quien debía las gracias a la providencia divina de haberla encontrado. No te puedes imaginar cuantas veces me dio las gracias, cuando supo que estaba solo me dijo que si quería podía quedarme con ellos. Vivía en una casa grande no muy lejos del batey, tenía un hijo como dos años más joven que yo. El niño Antonio, además vivía con su marido el señor Armando.

—Al principio ellos no me trataban muy bien, pero con el tiempo el señor Armando me cogió cariño, sobre todo cuando se dio cuenta lo mucho que lo ayudaba en todo. Yo era una máquina de trabajar a diferencia del niño Antonio, que era un muchacho debilucho y enfermizo.

—¿Tata ese no será el abuelo Antonillo?

—¡El mismo que viste y calza! Dijo emocionado y desplegó una sonrisa placentera dejando que sus blancos dientes alumbraran su negra piel.

—¡Es por eso por lo que te quiere tanto!

—Así es, nos criamos juntos en aquellos tiempos a la gente les parecía extraño que un negro y un blanco anduvieran inseparables. La señora María nos puso en la misma escuela. Sentí que me querían como un hijo más y Antonillo, fue el hermano que la vida me regaló. La única vez que lo vi pelear con alguien fue con uno de sus amigos por decirme negro haitiano y burlarse de mi español.

—Ahora entiendo por qué no pasas un día sin ir a verlo.

—Si, al pobre Antonillo la vida no le sonrió tanto como a mí. Pero la obligación del que recibe es dar el doble a alguien. No importa a quién ni a cuánta gente. Es simplemente dar, así no se rompe la cadena y siempre habrá alguien recibiendo y dando.

—¿Tata, porqué nunca habías contado nada? —Dijo la niña asombrada.

—Muchas cosas no he contado mi niña y muchas más, se irán conmigo a la tumba. Pero ¿sabes qué? La señora María José, también era así de curiosa como tú, le encantaba preguntar cosas y amaba contar historias. Todos los días se perdía en su escritorio y allí pasaba horas de horas escribiendo.

Un día la vi sentada en el corredor de la casa llorando, quise escurrirme despacio para evitar que se diera cuenta porque pensé que le daría vergüenza. En mi intensión de escapar una voz me detuvo.

—¡Simón! No te vayas, ya sé que estas allí, —dijo entre sollozos—ven siéntate aquí.

—Pero señora María Josefa—. Interrumpí intentando disculparme por la torpeza de estar allí.

—No me digas señora que ya sabes que no me gusta, te he dicho mil veces que no me gusta—. Dijo limpiándose la cara despacio y lanzando una mirada tierna que dibujaba el rostro marchito y enrojecido.

—¿Sabes qué? Ya no puedo escribir, no puedo más; estoy harta. No soporto más. ¡No puedo más! —Rompió a llorar fuerte y se arrojó sobre mi pecho. Con cuidado la abracé temeroso, sentí su olor y rosé su delicada piel. Me rompía el alma verla llorar. Dijo el anciano con sus ojos cristalinos. Hizo una mueca y respiró profundo.

Escribir era para la señora María Josefa lo mismo que es para ti jugar y dar brincos después de llegar de la escuela, ¿te puedes imaginar tener que dejar de jugar porque ya no puedas hacerlo?

La niña negó con la cabeza y clavó su mirada de nuevo en la de su Tata. Pasé muchas noches en vela pensando cómo podía devolverle la sonrisa a mi señora María Josefa y entonces escribí una historia para ella que espero que tu leas cuando seas una mujer.

La historia

Sus ojos se cerraron lentamente, hoy se disponía a escribir las historias más descabelladas nunca antes hojeadas, llenas de colores y mándalas que dancen, con alfombra de jazmines que no sienten timidez ante la luz del sol. Hoy podía ver el azul del mar frente a su ventana. Su mirada se perdía en el horizonte y su lápiz no dejaba de escribir. El papel y el grafito se habían fundido. Ella no temía perder la prosa, y no le sorprendía que esta vez, no fuera necesario hacer anotaciones, por miedo a que las musas decidieran marcharse para siempre. Las musas vivían allí justamente en este lado, en esta otra parte de la existencia donde todo sentido humano es insensato.

Detrás estaba él, con el cuerpo impecablemente esculpido, una taza de té ya había revelado su presencia con aroma de frutas mezclados con miel. Sin importarle cuan desordenado estaba su cabello, ella sin arreglarse el vestido semiabierto estrechó su mano sonriendo y disfrutó el murmullo de su voz que cosquilleaba en su oreja.

De repente se abrieron sus ojos como dos cortinas divisorias entre un mundo y el otro. Estaba frente al sillón repleto de ropas para planchar y su mano estrechando el mango de la plancha caliente. El cric crac de las llaves en la cerradura la hicieron cerciorarse de que ya no estaba sola.

—¡Hola ya llegué! ¡Ah llegaste! —. Dijo fingiendo emoción.

—¿Qué hay hoy para cenar, me muero de hambre? —Y le dio un beso con prisa, —¿Dónde está el niño? ¿Ya ha hecho sus tareas? ¡Hoy tiene deportes, comemos algo rápido y nos vamos!

—Enseguida les preparo algo para comer—, expresó mientras se metía en la cocina.

—El niño está afuera jugando.

Destapó la olla y pinchó la carne desprendida de las costillas. Tomó las especias que ya tenía picada en un recipiente y las puso dentro de la cazuela. De repente las lágrimas comenzaron a rodar incontrolablemente sobre sus mejillas.

—¿Qué te pasa? —Le preguntó él, abrazándola por la cintura—. ¿Otra vez la cebolla?

Acomodó sus cabellos detrás de la oreja y le besó la frente.

—Ummm huele muy bien. ¿Qué tenemos hoy, sopa?

—Sí, sopa—. Contestó ella, pasándose un paño por los ojos.

—Bueno cielo, llamo al niño y nos vamos ya. ¿Está lista la ropa del deporte? Comemos cuando regresemos. Que te vaya bien.

—Gracias, si, nos vemos más tarde.

—Si, nos vemos.

Ya habían transcurrido cuatro días de su última escapada. Nuevamente estaba sola, era temprano en la mañana el niño se había ido a la escuela y sabía que permanecería sola las próximas cinco horas. Cerró nuevamente los ojos; despacio, con la seguridad de que otra vez estaría en el mejor lugar del mundo. Allí estaba él nuevamente con una camisa gris de seda fina y los pies descalzos. Clavó sobre ella una miraba penetrante y le dijo:

—¿Por qué mentiste?

—¿Yo? ¿Cuándo?

—Ni siquiera habías picado cebollas. Estabas llorando de obstinación, de cansancio, de aburrimiento, de desdicha.

—No te permito que te mezcles en mi vida.

—Tu vida es mi vida, este es nuestro mundo.

—No, te equivocas estoy aquí porque quiero.

Él lanzó una carcajada incontrolable y la estrechó contra sí, oprimiendo su cintura y acercándose a sus labios. Ya somos uno y la besó, se desplomaron en el piso.

Respiró profundo y perdió su mirada en el mar azul. Era como si el horizonte le susurrara un montón de historias nuevamente. Junto al ventanal estaba su escritorio. La cortina blanca casi rosaba los tulipanes amarillos, que estaban en un pedestal en la esquina entre la pared y el ventanal. No le perturbaba la idea de que el búcaro se hiciera trozos, se dejó caer en la silla y comenzó a escribir, sus manos eran más rápidas que su pensamiento como si el divino ángel que dictaba las palabras tuviera prisa.

—¿Qué haces?

Interrumpió una voz. Abrió los ojos de súbito y lo vio entrar en la habitación.

—¿Qué haces no me escuchas? Has estado muy rara últimamente, estas como hipnotizada, hoy queríamos ir al cine ¿lo olvidaste? Si no te das prisa no vamos a poder llegar a ver la película de las seis.

—Si es verdad casi lo olvido no te preocupes, me arreglo rápido y salimos.

—Magdalena ya está en la sala, para cuidar del niño esta tarde. ¡Pero date prisa por amor de Dios!

—¿Qué te ha parecido la película? No has hablado casi nada en toda la noche. ¿Te sientes bien?

—Si, todo está bien.

—¿Sabes que te amo?

—Si lo sé—. Dijo pegándose a su cuerpo; intentando esquivar las gotas de agua que se deslizaban del paraguas compartido. Estrechó su hombro, le besó el pelo húmedo y paso la mano por su cabeza suavemente intentando poner en orden sus cabellos.

Allí estaba ella nuevamente respirando con calma la brisa del mar, alcanza a ver su silueta a través de su cortina. Movió la cabeza para cerciorarse de que la segunda sombra que había presenciado no era fruto de su imaginación.

—¿Quién era esa otra persona?

Él no respondió y acercó sus labios hacia ella.

—¿Que quién es la otra persona te digo? —Dijo ella alzando la voz.

—Eso que importa respondió él con calma, alejándose hacia la ventana.

—Si importa.

Él rompió en una carcajada.

—¿Estás celosa? Justamente tú, celosa.

No pudo contener la risa durante un instante, lentamente la expresión de su rostro se tornó en una mirada severa y fuerte le apretó ambos brazos y acercando sus labios a los de ella preguntó:

—¿Qué te crees, acaso crees que eres algo mejor, piensas que eres la única que se hace su mundo en colores?

—Este es mi mundo—, dijo ella intentando retroceder y liberarse de sus manos.

—Es nuestro mundo no lo olvides, desde el momento en que llegaste ya yo estaba aquí.

Ella bajó la mirada desconcertada. Él deslizo sus dedos suaves sobre sus brazos, la llevó hasta la ventana y le mostró el escritorio. Ella obedeció su mirada. Tomó el lápiz y comenzó a escribir. Esta vez contaba historias de mujeres heroínas que entraban triunfantes a una ciudad púrpura de tejados blancos. Eran mujeres bronceadas que alzaban sus arcos y recibían el júbilo de los hombres y niños a la orilla del camino adornado con gardenias y palmas.

—Sin mí nunca más podrás escribir cosas como éstas, porque careces de placer en el otro lado, acaso crees que pueden posarse las musas donde no vive la calma, no seas ingenua, me necesitas.

De repente abrió los ojos y sintió el agua tibia que rodaba por su cuerpo.

—Cariño llevas muchísimo tiempo en el baño, no olvides que hoy viene mi madre, iré a buscar un par de dulces por favor prepara el café.

—Sí. —se escuchó su voz resignada desde adentro.

La tarde transcurrió entre historias que ya había escuchado una y otra vez, recomendaciones en cuanto a la crianza del niño y recetas de buenos pasteles.

A veces me pregunto cuándo llegué a este punto. Pensó mientras fregaba los platos

—¿Cielo mi madre cada vez se va poniendo más vieja verdad?

—Sí, todos nos vamos poniendo cada vez más viejos—. Murmuró.

—¿Qué dices, no te escucho?

—Que tienes razón, el tiempo no perdona—. alzando la voz para lograr que la escuchara desde el comedor.

—Debías pasar más tiempo con ella, es tu madre, le haría bien hacer algo juntos y solos. Sobre todo creo que la pobre mujer pudiera hacer algo diferente. No entiendo como no se cansan de hablar lo mismo y tomar café cada tres meses.

—Ya sabes que no tenemos una buena relación, creo que viene más por el niño que por nosotros.

—Bueno, pues como quieras, ustedes son una familia a fin de cuentas ese no es mi problema. Además...

—¡Cariño! Interrumpió él, lanzándole una mirada de reproche.

—Por favor déjame, estoy cansada, vete con el niño. Por favor déjame sola.

—Está bien tesoro, como quieras, pero me vas a contar luego que pasa contigo, no te reconozco.

Ella se perdió en el corredor y se metió en la habitación. Se quedó parada frente a la ventana. Dejó perder su mirada en el horizonte. Miró el escritorio y se sentó nuevamente. Tomó el papel en blanco y se dispuso a escribir.

—¿Tesoro si quieres puedo traer algo para comer? —Se sintió una voz desde fuera.

Se llevó las manos en la cabeza apretó los puños contra el cráneo atando las hebras de pelo que se enredaban en sus dedos.

—No puedo más. Susurró y rompió a llorar en silencio. Se desplomó sobre la cama y perdió su mirada en el techo.

—Ya ves que sin mí no puedes vivir. Dijo doblando su rodilla dejándola caer suavemente sobre sus espalda desnuda. —Sólo yo puedo hacerte vibrar y ver un mundo en colores.

Ella lo miró en silencio. Organizó su negra cabellera, lo besó despacio y lo obligó a rodar sus labios por su piel. Ella se dejó amar, pero esta vez el acto fue como una lucha de dos leones a fin de mostrar cada indicio de fortaleza y dominio.

Mientras vertía vino en su copa, volvía a divisarla sentada junto a la ventana. El lápiz incrustaba nuevamente historias fascinantes sobre el papel. Ahora sobre duendes diminutos cuyo mundo era un caracol marino, duendes de mejillas azules que lloraban miel y suspiraban humos pintados de arcoíris.

—¿Sabes por qué he venido? —susurró mientras le entregaba la copa.

—La verdad es que no me interesa a que has venido—. Respondió ella mirándolo fijamente.

—De todos modos te lo voy a decir. He venido para que hagas tu gran obra, nuestra gran obra. Luego me marcharé.

Ella rompió en una carcajada.

—Si me marcharé —repitió él mirándola seriamente.

—Y qué crees que te voy a detener, acaso crees que no comprendí tu juego. Te equivocas, tú existes porque yo existo, sin mis historias no eres nada porque solo eres una fábula más y te vas cuando yo lo decida.

El levantó la mirada y con furia se abalanzó hacia ella, con una mano alzada para golpearla, ella se escurrió bajo su brazo lentamente y se pegó a su pecho. Luego apartó su cuerpo con fuerza y extrajo lentamente el lápiz que había clavado en su abdomen y se quedó inmóvil, viendo como el cuerpo yacía ante sus pies.

Sentía algo suave que le tocaba. Se dio cuenta de que aún tenía la humedad del beso diminuto sobre su frente. Miró los ojitos verdosos que la reparan y respiró profundamente. Estrechó el niño muy fuerte.

—Qué bueno, ya estás aquí mi tesoro.

—Mira mami te he hecho un dibujo. El niño extendió orgulloso y sonriente la hoja de papel.

—Gracias. ¿Ese caracol precioso es para mí?

—Si mami pero no es un simple caracol. Allí adentro viven duendes con las mejillas azules que suspiran nubecitas del color del arcoíris. Le susurro al oído.

El polvo se deslizaba como una fina capa de humo sobre el terraplén, una mezcla de arena y sudor en mis sandalias me impedían andar firme. Hacía un calor insoportable, debe haber sido sobre la una de la tarde. La gente estaba inmersa en sus labores como si a nadie le estorbara el sofocante aire caliente. Me detuve un instante a sacudir mis pies y abanicarme con un pedazo de cartón. Enrollé mis cabellos y los envolví con prisa para hacerme una cebolla con el cabello. Me disponía a atravesar la plazoleta empolvada para comprar un par de limones frescos para hacer una limonada fría. En casa todos me esperaban ansiosos para escuchar juntos la novela de las dos, bebiendo algo refrescante. Ya las frituras de maíz deben estar casi listas, pensé pasándome la lengua por mis labios. Al cruzar la desolada plazoleta vi a alguien encorvado en la calle. Alcé mi mano para taparme el rostro durante un par de segundos para aclarar la mirada entorpecida por el sol. No era posible que nadie tomara en cuenta el cuerpo casi inmóvil. Me acerqué con prisa y me agaché junto a la persona que se cubría con una manta y ocultaba algo entres sus brazos.

—¿Qué le pasa?—Le dije—¿Se siente bien? Extendí la mano, y me puse de pie lentamente.

—Si estoy bien gracias, solo me preocupa mi bebé. Me dijo mostrándome un bebé pequeño envuelto en una manta multicolor.

—¿Qué le pasa está enfermo?

—No—. Interrumpió bruscamente.

—Pues entonces no se preocupe, eso sí, es mejor que se quite del centro, debería buscar un poco de sombra, este sol es insoportable, además la gente pasa en sus carretones de caballos como locos, hoy es un día festivo como ve, y no demorará mucho en que aparezcan los primeros borrachos y caballos pasando como centellas.

—Sí, tiene razón, pero tengo miedo—. Dijo la muchacha, de delgada figura, cabellos castaños despeinados y ojos canela, apagados por sus terribles ojeras. Sin quitarme la mirada se puso en pie lentamente, apretando al bebe contra su pecho. Con una sola mano intentó arreglarse el desordenado cabello y alisar su falda.

—Tengo que ir hasta mi casa pero tengo miedo.

—¿Pero miedo de qué o a quién? —Le dije sonriendo—en el pueblo no hay persona capaz de matar una mosca, eso sí cuando la gente se dan dos tragos, pierden los estribos.

—No esté tan segura—. Dijo estrechando al bebe más fuerte pero dibujando solidariamente una sonrisa sin deseos. Tenía las uñas sucias y las manos temblorosas.

—¿Usted vive muy lejos? —le pregunté—¿O no es de aquí? Nunca antes la había visto en el pueblo.

Sin contestar a mis preguntas lanzó vistazos inquietos a todas direcciones.

—Mire venga la voy a acompañar —le dije—sonrió con la mirada y echó a andar despacio.

Seguí en silencio sus pasos que eran cada vez más apresurados.

Ya habíamos dejado el pueblo atrás y caminábamos por una guardarraya; la sombra de los piñones del cercado, refrescaban el poco aire que soplaba.

—¿Se agradece el airecito verdad? —Le dije para interrumpir el silencio y amenizar un poco la caminata que ya me estaba agotando. En realidad no dejaba de pensar en las frituritas de maíz y la limonada fría. Esta muchacha vive en casa de las quimbámbaras —pensé—si lo llego a sospechar no me brindo. Al mismo tiempo mis pensamientos comenzaron a entrar en disputa. —¿Cómo es posible que tengas tan mal corazón, dejarías a la pobre muchacha a su suerte por un par de frituras? ¡Deberías avergonzarte! Sacudí la cabeza para recuperar el mandato sobre mis acciones, probablemente mis movimientos bruscos asustaron a la pobre muchacha que me miró desconcertada.

—¡Ay disculpa, lo siento, no quise asustarte! ¡Las mosquitas suelen ser muy desagradables cuando se nos pegan a la cara!

—Si es verdad, el airecito que vate hace bien—. Dijo sonriendo, creo que en realidad le había causado risa verme revoloteando como un gorrión en una ducha de arena.

—¿Y qué es, un niño o una niña? —Dije apuntando al bebé para evadir de una buena vez la penosa situación.

—Es una niña —respondió—se llama Matilde.

Le descubrió el rostro a la hermosa criatura de blanca piel y escasa cabellera.

—Te molesta si paramos un momento debe tener hambre—. Me dijo bajando sin cuidado la zanja al borde de la guardarraya y sentándose bajo un framboyán frondoso y florido, cuyo tronco también formaba parte de la cerca.

—No, no te preocupes, de hecho estoy un poquito cansada, además la bebé es lo más importante, es un milagro que no haya llorado.

—Es muy buena, es un angelito—. Añadió mientras acomodaba su pezón en la boquita de la criatura; cubriéndose avergonzada con un pañuelo que había extraído de entre sus senos. Hizo una expresión de dolor apretando los labios

—¿Está todo bien?

—Sí, sí, sí todo está bien. Sólo que a veces duele un poco; con el tiempo lastiman al lactar, ya tiene dos dientecitos. Murmuró, acariciando la cabecita de la criatura.

—Yo no recuerdo haber pasado por aquí nunca antes. Bueno es que nunca salgo del pueblo.

—Este framboyán es precioso—. Dijo sonriendo en voz alta.

—Parece que va a llover—. Interrumpí.

—Sí, sí, hoy seguramente lloverá, mira como vuelan las tiñosas.

Seguí con la mirada la dirección que mostraba su índice.

Ya llevábamos un rato caminando, los nubarrones cubrían el cielo. Ya no hacía tanto calor.

—¿Falta mucho? —pregunté—. No quiero que me sorprenda la tormenta tan lejos. Pero si vas a hacer el favor pues hazlo bien —volvió a reprocharme mi voz interior— como si la pobre muchacha no hubiese sido suficiente.

—No te preocupes mi abuelo te puede traer de vuelta. Mira ves la casita aquella tras el portón, allí vivo yo.

—¿Vives con tus abuelos?

Bueno en realidad no; pero casi siempre estoy con ellos, pero vivo sola. Bueno con la niña.

—Y él...

—¿El padre?—. Me interrumpió adivinando que la pregunta fue mero impulso.

—Prefiero no hablar de eso.

Estábamos muy cerca. Junto al portón había otro frondoso framboyán florido; cuyas ramas alcanzaban el portalito de la humilde casita de madera.

—Pero por aquí no hay más casas, ¿no te da miedo vivir aquí sola?

—Yo no estoy sola—, fue su respuesta.

—Bueno... sí. Tienes razón, ahora voy a regresar ya estás más tranquila y en tu casa.

—Espera. Te voy a preparar una limonada fría. Aguántame la bebita —dijo estrechando en mis brazos sin darme tiempo a rechazar la propuesta.

Extrajo una llave de la bolsita que tenía atada a su muñeca y abrió sin prisa el candadito. Rodó con calma la cadena por los orificios que sostenían la puerta cerrada unida al marco.

—Pasa, siéntate.

Tomó la criatura y se perdió entre la cortina que llevaba a un cuartico.

—Ahora mismo te traigo la limonada no demoro mucho—, dijo mientras quitaba los clavos y abría las ventanas.

Las primeras gotas de lluvia comenzaron a caer haciendo un ruido agradable sobre el techo de zinc, y aunque a lo lejos se veían los relámpagos entre los nubarrones. No podía dejar pensar en la refrescante limonada tras el polvoriento camino.

Me sorprendió al ver el sudoroso jarrito metálico, no pensé aquí pudiera haber un refrigerador. Bebí con prisa.

—Bueno ahora si me voy.

—No puedes irte está lloviendo mucho, espera aquí que iré a buscar a mi abuelo, para que te lleve en su carretón, si la niña se despierta la coges unos minutos. Regreso enseguida.

Me dejé caer en el balance junto a la ventana. El aire soplaba fuerte sobre el framboyán. Pensé ver entre las ramas una silueta.

...Ocho, nueve, diez, once, doce, trece, catorce, quince... ¡Ya voy! El grito infantil me hizo mover la cabeza bruscamente y despertarme. ¿Dios mío dónde estoy? ¿Qué ha pasado? Dije intentando inútilmente ponerme de pie, me rodeaban un par de niños cuyos rostros no podía ver con claridad. Me froté los ojos con los dedos intentando aclarar mi visión. ¿Dónde estoy? ¿Qué ha pasado? ¿Dónde está la dueña de la casa? ¡Dios mío! Los niños me miraban entre risas.

—Debe estar borracha de la fiesta. Dijo una niña golpeando a la otra con el codo.

—¡Que borracha ni ocho cuartos!

—Ayúdenme con ella.

Asida a las dos manitas de seda, logré sentarme. Yo estaba en el portal. Frente estaba el framboyán desnudo, sólo cubierto de sus oscuras fundas.

—¿Niños dónde está la dueña de la casa?

—Seguramente usted no es del pueblo. Dijo un niño pecoso, con voz chillona.

—Aquí hace muchos años que no vive nadie.

Miré desconfiada a mi alrededor y vi el piso polvoriento.

Sí, mi madre dice que antes de que yo naciera, aquí vivía una muchacha con una niña. Que un día la niña murió, durante un temporal. Y la pobre mujer se ahorcó. Aquí, mismo, aquí, en el framboyán.

Adiós

En algún lugar de Haití en la década del veinte, las olas golpeaban los arrecifes y olor del mar se impregnaba en la garganta. Era una noche fresca y oscura.

—*¡Allez, allez, allez!* Se escuchaba una fuerte voz entre la gente alrededor de una barca. —No se puede perder tiempo, monten. Los primeros se metieron en la embarcación con prisa. El diminuto joven extendió una pierna hasta ponerla en el borde la barca, de un salto tomó impulso hasta dejar caer el cuerpo hacia adentro. Con pies descalzos y una bolsa hecha con un pañuelo grande, atada a la punta de un palo, extendió la mano. En medio de la oscuridad alcanzó a tocar la mano que a tientas lo buscaba.

El agua seguía batiendo contra las rocas, aún quedaba un par de gentes alrededor del barquito.

—Esto no aguanta ni una persona más.

Dijo un hombre en voz alta.

—Oigan no puede ir nadie más.

El barco comenzó a moverse y la desesperación comenzó a apoderarse de los que no habían logrado abordar.

—Ay, mi hijo que Dios te acompañe—. Dijo la mujer aferrándose al delgado cuello del joven.

—No llores mamá es solo un par de meses, haré un poquito de dinero y regresaré ¿no es así François?

Dijo el muchacho poniendo la mano sobre el hombro del hombre que iba a su lado, cuya silueta de perfil podía reconocer.

—Si claro *madame* no se preocupe, yo le cuido al muchacho y dentro de un par de meses estaremos de vuelta.

La mujer abandonó el cuello al ver que sus pies ya no tocaban el fondo y vio como la embarcación se alejaba en la penumbra de la madrugada.

ABRÍGATE BIEN

La mañana de abril olía a lluvia cercana, no hacía tanto calor como de costumbre en esa época. Se escuchaba el ruido de la carreta en el callejón y a lo lejos uno que otro pregón.

El hombre con camisa blanca caminaba de un lado a otro, sin encontrar un sitio que le acomodara, frotaba sus manos una y otra vez, de vez en cuanto, deslizaba sus dedos por la blanca y copiosa cabellera.

—¿Ya tienes todo listo hija, dime llevas el pasaporte y el pasaje, no quieres comer un poquito más antes de irte, quieres que te haga un café o un tilo?

—No gracias viejo estoy bien. Contestó la muchacha pasándose la mano suavemente por la barriga. —No te preocupes ya lo tengo todo.

El hombre esquivaba la mirada a la muchacha que ponía un par de cosas en una maleta. Todavía tenemos mucho tiempo, el carro llegara dentro de una hora. La muchacha siguió acomodando todo en la maleta sin prisa.

El padre contemplaba a su hija.

—Bueno hija. Dijo finalmente interrumpiendo el silencio. —Yo me pregunto: ¿qué hice mal? Te di todo lo que pude, quizás no fue suficiente pero creí que dándote educación ya podías alcanzar todo lo que yo no tuve. Sostuvo el índice y el pulgar en los lagrimales oprimiendo la nariz para evitar que el sollozo revelara su llanto.

—No digas eso viejo has sido el mejor padre del mundo, me diste todo y más de lo que necesitaba, esta siempre va a ser mi casa, además solo me iré un par de meses y regresaré. La muchacha le quitó la mano del rostro con ternura. Mírame viejo, mírame ¿alguna vez te he fallado?, eres mi amigo viejo, me has dado la mejor vida del mundo, yo simplemente quiero ver otras cosas.

—Claro hija lo sé. Dijo el hombre apretando a la muchacha contra su pecho. Los ojos brillosos de la muchacha se clavaron en los cansados y enrojecidos ojos del hombre.

—Más rápido de lo que crees estaré aquí y tendré un montón de historias que contarte. ¡Estoy loca por saber si es cierto todo lo que se cuenta! Exclamó emocionada. Puso sus delgadas manos en su mejilla y le beso los labios. —Te quiero mucho viejo. Ahora me toca a mí devolverles un poquito, por favor déjame hacerlo a mi manera. Bajó la mirada para ocultar las lágrimas que ya no podía contener.

Está bien mi hijita, está bien, pero tienes que llamarnos a menudo y no olvides abrigarte bien dicen que vivir allí es lo mismo que vivir en el congelador. Ambos estallaron en una carcajada.

SU ÚLTIMO VERANO

Allí estábamos el abuelo y yo juntos en aquel su último verano. De aquella muchacha ya no quedaba mucho en mí y de aquel muchacho en él, ya no había nada. Su cuerpo era diminuto y encorvado y sus pasos lentos y cansados, yo andaba con energía y orgullo, pero en fondo con la vergüenza de no cumplir mi promesa. Clave mis ojos en la mirada casi ausente del abuelo, *¡bonjour mademoiselle!* Buenos días viejo —le dije—sé que a veces perdía la noción del tiempo y sus pasos tristes pensaban que estaban de nuevo en casa, yo disfrutaba sentirlo delirar al menos en su propio mundo

—Como no te voy a entender viejo. No cumplimos la promesa, lo sé. Pero valió la pena. Le dije señalándole la mesa llena de gente. Allí estaban todos, sus hijos y nietos y mi padre jugando con mi hijo que no podía entender del todo lo que le contaban pero parecía no importarle. Estamos aquí porque eso es la vida abuelo, un círculo que nunca cambia su cauce. ¿Quién dijo que es fácil cortar un capítulo e insertarlo en otra obra? ¡Nadie dijo que lo fuera, pero tampoco es imposible!

No sé si el abuelo pudo entenderme, tampoco era mi intensión, llame a todos y les pedí que formaran un grupo, quería dejar ese momento plasmado para siempre.

—¿Dónde nos ponemos, los hijos detrás y los nietos delante? Dijo alguien desde el tumulto.

—No importa —interrumpí—no importa, solo quiero que todos se peguen unos a los otros y se pongan allí debajo del mamoncillo. Aquí, donde anida el colibrí.

El sol enseña a todos los seres que crecen
a sentir amor por la luz. Mas es la noche
la que los eleva hasta las estrellas.

GIBRAN JALIL GIBRAN

ÍNDICE

LOS CUENTOS DE TATA JOCÚ........13
NOCHE DE CACERÍA........19
EL CANTO DE LA TOJOSA........43
GRAVEDAD........46
ZAPATOS ROTOS........53
CAFÉ AMARGO........57
EL VIEJO........61
LA HISTORIA........69
AQUÍ EN EL FRAMBOYÁN........83
ADIÓS........95
ABRÍGATE BIEN........97
SU ÚLTIMO VERANO........103

De la autora

Zuleica Dreher-Ruíz. (Camagüey. Cuba 1979) Licenciada en Centro Universitario B.I.L Las Tunas-Cuba. BA- Sociología e Iberoromanística. Friedrich-Alexander-Universität Erlangen-Nürnberg. Narradora, poeta y profesora de Español como lengua extranjera. Vinculada a la creación artística y literaria desde muy joven, ha participado en diversos eventos y actividades tanto en su país de origen como en Alemania, donde reside actualmente.

LISTADO DE TÍTULOS Y PRECIOS DE EDITORIAL PRIMIGENIOS

1. *¡Cosa más grande la vida!* Humor. José Luis Riverón Rodríguez. $7.99
2. *¿Cuba... qué linda es Cuba?* Narrativa. Hebert Poll Gutiérrez.$7.99
3. *"Uno por aquí"* y yo, en la pandilla del barrio. Novela. Noelio Ramos Rodríguez. $7.99
4. *1932, Dios, revolución y libertad*. Poesía. Carlos Salina Granda (Perú). $5.99
5. *1968 y el cine, Memorias del 3er Encuentro de la crítica cinematográfica*. Compilación de Pedro R. Noa. $9.99
6. *A quién pregunto por mí*. Poesía. Andrea García Molina. $12.99
7. *A veces, cuando el silencio*. Poesía. José Antonio Martínez Coronel. $9.99
8. *Abrazo a un búcaro sin flores*. Poesía. David Montero Figueredo. $6.99
9. *Actos en la tierra*. Poesía. Eduardo René Casanova Ealo. $5.99
10. *Adiós Rembrandt y otros relatos*. Colección de cuentos. Manuel Antonio Morales Felipe. $7.99
11. *Adoptando a Mini*. Novela ilustrada. Marié Rojas Tamayo. $7.99
12. *Agradecido entonces como un perro*. Poesía. Guillermo Hernández Montero. $5.99
13. *Al diablo el que me lo pida*. Narrativa. Nuris Quintero Cuellar. $5.80
14. *Al otro lado del mundo*. Poesía. Eduardo René Casanova Ealo.$5.99
15. *Al sur de los páramos*. Poesía. Miladis Hernández Acosta.

$5.99

16. *Alta Definición, antología de cuentos inspirados en los medios de comunicación audiovisual*. Barbarella D´Acevedo. $9.99
17. *A-Mar*. Narrativa. Marlene E. García. $5.99
18. *Amores difíciles*. Periodismo. Leonardo Depestre Cantony. $7.99
19. Anita Mur. Narrativa. Frank David Frías Rondón. $9.99
20. *Ante la misma puerta*. Poesía. Gilda Guimeras. $4.99
21. *Antes de amancebarme con la enana zíngara contorsionista*. Narrativa. Alberto Garrandés. $9.99
22. *Antología Memorable: poemas para no olvidar*. Selección de Juan Carlos García Guridi. $7.99
23. *Aquellos ojos verdes*. Narrativa. José Luis Riverón Rodríguez. $7.99
24. *Arcos fracturados*. Narrativa. Manuel Roblejo Proenza. $5.99
25. *Autos de duda*. Poesía. Niurbis Soler Gómez. $5.99
26. *Bajo la rueca*. Narrativa. Luis de la Cruz Pérez Rodríguez. $5.99
27. *Balada de tus ojos*. Poesía. Ray Nelson Pons Días. $5.99
28. *Bestias del paraíso*. Poesía. Roberto Frank Valdés. $5.99
29. *Bitácora de un paria*. Poesía. Yerandy Pérez Aguilar. $12.99
30. *Blasfemia del escriba*. Cuentos. Alberto Guerra Naranjo. $11.99
31. *Breves estudios en torno a la soledad*. Poesía ilustrada. Esther Suárez Durán. $7.99
32. *Cabalgar la zoo-política: Aproximaciones a una posible revolución indoamericana pospandemia*. Ensayo. Carlos Salinas Granda. $5.99
33. *Cacería*. Narrativa. José Hugo Fernández. $7.99
34. *Cancionero español: (Álbum de covers) Volumen 1*. Narrativa. Alejandro Langape. $9.99

35. *Canto a mi cabeza loca (Dinámica del cuerpo)*. Poesía. Claudette Betancourt Cruz. $5.99

36. *Cartas a Leandro*. Narrativa. Ramón Díaz-Marzo. $9.99
37. *Casco de Dios*. Poesía ilustrada. Marié Rojas Tamayo. $9.99

38. *Como arrullo de tórtolas*. Poesía cristiana. José Luis Riverón Rodríguez.$7.99
39. *Como en un sueño, la vida*. Poesía. José Antonio Martínez Coronel. $5.99
40. *Como salir de un país*. Poesía. Ricardo López. $5.99
41. *Como una mancha de peces*. Narrativa infantil. Miguel Ángel González Pérez. $5.99
42. *Con ojos de piedra y agua*. Poesía. Ana Margarita Valdés Castillo. $5.99
43. *Con un par de alas tremendas: Sonetos de vuelo popular*. Poesía. Juan Carlos García Guridi. $5.50
44. *Concierto para Denysse*. Poesía. Luis Mariano (Lewis) Estrada Segura. $5.99

45. *Confesiones de mujer*. Poesía. Yasmín Sierra Montes. $5.99
46. *Conspiración en La Habana*. Novel. Eduardo N. Cordoví Hernández. $19.99

47. *Cosas de un niño grande*. Infantil. Hebert Poll Gutiérrez. $5.99
48. *Cosas que vienen del cielo*. Narrativa. Yolanda Felicita Rodríguez Toledo. $10.00
49. *Criaturas*. Cuentos. Alex Schweg. $7.99
50. *Crónica de una matanza impune, Persecución y asesinato de emigrantes canarios en Cuba*. Ensayo. José Antonio Quintana García. $7.99

51. *Cuando aparecen los elefantes*. Libro infantil ilustrado. Norge Sánchez. $9.99
52. *Cuando el dolor se convierte en palabra*. Poesía. Elizabeth Álvarez Hernández. $5.99
53. *Cuando me besan tus ojos*. Poesía. Félix Alexis Guerra Menéndez. $5.80
54. *Cuba en la calle*. Fotografías de la Cuba actual. Felipe Rouco Llompart. $24.99
55. *Cuba la revolución usurpada*. Ensayo. Oscar G. Otazo. $15.99
56. Cuba y los fotógrafos viajeros: Desde 1841 a la actualidad. Ensayo bibliográfico. Ramón Cabrales y Rufino del Valle Valdés. $12.99
57. *Cuentos e historias para la (des) memoria*. Narrativa. Oscar Montoto Mayor. $9.99
58. *Cuentos para soñar* (ilustrados). Narrativa. Sarah Graziella Respall Rojas. $19.99
59. *Cuervos sobre el trigal*. Cuentos para adultos. Yasmín Sierra Montes. $7.99
60. *Cúmulos nimbos*. Poesía. Isbel G. $5.99
61. *Curvas sobre la superficie del objeto*. Poesía. Anisley Miraz Lladosa.$5.99
62. *De picha, y señor mío*. Narrativa. José Luis Riverón Rodríguez. $7.90
63. *De poesía y poetas*. Ensayo. Armando Landa Vázquez. $9.99
64. *Desnuda ante tus ojos*. Narrativa. Jenny Díaz Valdés. $5.99
65. *Después de la Caída*. Poesía. Miladis Hernández Acosta. $9.99
66. *Diez cuentos que estremecieron a Cuba*. Narrativa. Carlos Esquivel. $9.99

67. *Dodo danza sobre un dado*. Poesía. Sergio Trincado Torres. $14.99
68. *Donde anida el colibrí*. Narrativa. Zuleica Ruíz Peix. $6.00
69. *Donde el espejo no llega*. Poesía. José Antonio Martínez Coronel. $5.80
70. *Donde termina la mirada*. Poesía. Norge Sánchez. $12.03
71. *Dos libros de Guerra (escrito a cuatro manos)*. Poesía. Félix Guerra Pulido y Félix Alexis Guerra Menéndez. $9.99
72. *Duendes del domingo*. Libro infantil ilustrado. Daimy Díaz Laborda. $10.99
73. *Dulce café*. Poesía. Rafael Vilches Proenza. $5.99
74. *E. A. Vol. 1 Breve antología del taller de literatura fantástica y de ciencia ficción "Espacio Abierto"*. Daniel Burguet... y Abel Guelmes Roblejo. $9.99
75. *Ejercitar el criterio*. Crítica de narrativa. Waldo González López. $12.99
76. *El agua rota de los sueños*. Poesía. Alejandro Rejón Huchin. $5.99
77. *El ángel en la sombra*. Poesía. Raudel Sosa Pérez. $5.99
78. *El árbol de mi alma*. Poesía. Vivián Suárez García. $5.99
79. *El barón Samedi o el cagüeiro negro*. Narrativa. Eduardo Báez. $15.99
80. *El cacique Turquino*. Cuentos ilustrado. Norge Sánchez. $9.99
81. *El camino*. Literatura cristiana. Jesús Cardoso López. $7.99
82. *El carcaj pleno de colores*. Ensayo sobre la obra del pintor Domingo Ramos Enríquez. Ana Julia Gutiérrez Ulloa. $5.99
83. *El cocinero, el sommelier, el ladrón y su (s) amante (s)*. Ensayo. Frank Padrón. $45.99
84. *El desventurado domingo de Dominga*. Libro ilustrado

para niños. Noel Silva González. $12.99

85. *El dolor de ser vivo*. Poesía. Ronel González Sánchez. $7.99
86. *El eco del silencio*. Poesía. Teresa Medina Rodríguez. $9.99
87. *El fuego del ángel*. Poesía juvenil. Miladis Hernández Acosta. $5.99
88. *El fúnebre cantar del cisne blanco*. Poesía. Guillermina Consuelo Samsaricq González. $5.99
89. *El heno a cuestas: crónica de un duet(l)o en torno a la comunidad*. Ensayo. José Luis González-Almeida. $13.99
90. *El idilio de los iguales*. Narrativa. Alberto González. $7.99
91. *El imperio del silencio: A través del lenguaje de las tumbas, un recorrido por el Cementerio Cristóbal Colón de La Habana*. Ensayo novelado. Mario Darias Mérida. $39.99
92. *El maravilloso mundo de las libélulas*. Colección Eureka, ciencia y técnica. Jose M. Ramos Hernández. $7.99
93. *El maravilloso viaje de Kiko y ratón*. Narrativa. Manuel Roblejo Proenza. $5.99
94. *El marmolito mágico*. Juvenil. Gabriela Sánchez. $9.99
95. *El momento de las iniciaciones*. Poesía. Osmari Reyes García. $5.99
96. *El monasterio interior*. Poesía. José Antonio Martínez Coronel. $9.99
97. *El nacimiento de la conciencia histórica. Conferencias en la Universidad del aire dictadas por Maria Zambrana*. Daniel Céspedes Góngora. $5.99
98. *El onceno mandamiento*. Narrativa. Marié Rojas Tamayo. $10.99
99. *El personaje y su leyenda*. Historia. Leonardo Depestre Catony. $7.99
100. *El polvo rojo de la memoria*. Novela. Eduardo René Casanova Ealo. $5.99

101. *El puente y otros relatos*. Narrativa. Eduardo René Casanova Ealo. $5.99

102. *El que a buen humor se arrima, buen buena lo acobija*. Caricaturas. Ernesto Rodríguez Castro (Beli). $10.99
103. *El reino perdido de la Zapatucia*. Infantil. José Luis Riverón Rodríguez. $5.99
104. *El rosario del hombre de ceniza*. Poesía. Álex Padrón. $5.99
105. *El señor de las patas largas*. Narrativa infantil ilustrada. Nuris Quintero Cuellar. $14.99

106. *El silencio de los culpables*. Narrativa. Anisley Miraz Lladosa. $9.99
107. *El silencio que dicen*. Poesía. Abel German. $5.99
108. *El tiempo de la esperanza y otros cuentos*. Gisela Lovio Fernández. $11.99

109. *El último sol*. Poesía. Miroslaba Pérez Dopazo. $5.99
110. *El velo de la certeza*. Poesía. José Antonio Martínez Coronel. $5.99

111. *Embestidas de la piel*. Poesía. Odalys Leyva Rosabal. $5.99
112. *Emigrados de fondo*. Poesía. Fernando Lobaina Quiala. $4.99
113. *En el límite*. Narrativa. Maritza Vega Ortiz. $10.00
114. *En la gruta del tiempo*. Narrativa. Felicia Hernández Lorenzo. $8.99
115. *En La Habana de ahora mismo, dos historias de Boston Franco*. Cuentos. Dagoberto José Valdés Rodríguez. $7.99
116. *Enigmas de la otra*. Poesía. Nuris Quintero Cuellar. $5.80
117. *Entre piropos, dichos y refranes*. Décima. Noelio Ramos Rodríguez. $6.99

118. *Eros*. Poesía. Armando Landa Vázquez. $5.99
119. *Es la hora de los hornos*. Poesía. Norge Sánchez. $5.99
120. *Escaras*. Poesía. José Alberto Nápoles.

121. *Escritos de un plumazo*. Narrativa. José Alberto Collazo. $7.50
122. *Estaba la pájara pinta*. Ensayo. José Antonio Martínez Coronel. $36.99
123. *Fauna cavernícola*. Ensayo. José M. Ramos Hernández. $7.99
124. *Feria de máscaras*. Poesía. Yamilka González Pérez. $5.99
125. *Fiesta de rimas*. Poesía ilustrada para niños. Eliane Acosta Moreira. $11.99
126. *Fragmentaciones de la luz*. Poesía. Luis Mariano Estrada (Lewis). $7.99
127. *Fragmentaciones del silencio*. Poesía. Ana Ivis Cáceres de la Cruz. $5.99
128. *Fruto Rojo*. Poesía. Ana Herminia Rodríguez. $5.99
129. *Gabriela en el espejo*. Cuentos ilustrados para niños. Norge Sánchez. $9.99
130. *Gabriela*. Infantil. Norge Sánchez. $5.99
131. Germán pinta guaraparanganas. Artes plásticas. Germán Molina. $11.99
132. *Guijarros*. Poesía. Norge Sánchez. $4.99
133. *Historia de amor*. Libro infantil ilustrado. Norge Sánchez. $9.99
134. *Historias en la almohada*. Poesía. Armando López Carralero.$8.65
135. *Hombre que escribe en banco sin parque*. Poesía. Ulises Hernández Expósito. $5.90
136. *Hombreriego*. Narrativa. Raúl Hernández Pérez. $5.99
137. *Hombres de rutina*. Narrativa. Marlon Duménigo. $5.99
138. *Huellas de una nación*. Fotografía. Yovanis González Elizalde. $5.99
139. *Insectos para principiantes*. Divulgación científica. José M. Ramos Hernández. $7.99
140. *Instantes en la memoria*. Poesía. Agustín Ramón Serrano. $5.99
141. *Jardín mecánico*. Poesía. Luis Alonso Cruz Álvarez. $7.99

142. *Juan Pirindingo y otros cuentos*. Libro infantil ilustrado. Delsa López Lorenzo. $12.00
143. *La catedral del Tiempo*. Narrativa. José Antonio Martínez Coronel. $10.50
144. *La corte de los lobos*. Narrativa. José Luis Riverón Rodríguez. $9.99
145. *La cosa roja*. Narrativa. Luis Felipe Ruano. $9.99
146. *La culpa no fue de Dios*. Narrativa. Andrea García Molina. $5.99
147. *La Estancia, apuntes y recuerdos de Albert Gagnon-Beyle*. Narrativa. Jesús Alberto Díaz Hernández. $9.99
148. *La fiesta de la reina ortografía*. Narrativa infantil. Ronel González Sánchez. $7.99
149. *La frágil memoria de la semana*. Poesía. Elizabeth Álvarez Hernández. $5.38
150. *La furia de los vientos*. Testimonio. Pedro Armando Junco. $12.99
151. *La Gallina golondrina*. Infantil ilustrado. Norge Sánchez. $9.99
152. *La gruta del lobo*. Narrativa. de Hamlet Gómez. $12.99
153. *La Habana convida. Antología poética por el 500 aniversario de la ciudad*. Eduardo René Casanova Ealo y 79 poetas. Edición de lujo. $70.00
154. *La Habana convida. Antología poética por el 500 aniversario de la ciudad*. Eduardo René Casanova Ealo y 79 poetas. Edición estándar. $15.99
155. *La Hechicera*. Narrativa. Yasmín Sierra Montes. $9.99
156. *La isla de las hormigas rojas*. Poesía. Luis Mariano Estrada (Lewis). $5.99
157. *La isla del espanto y otros cuentos*. Narrativa. de Gisela Lovio. $12.99
158. *La isla preterida*. Poesía. Miladis Hernández Acosta. $23.60

159. *La Larga*. Narrativa. Ángel Osiris Milián. $15.99
160. *La luna frente al espejo*. Poesía. Luis Mariano Estrada (Lewis). $7.99
161. *La música del árbol*. Poesía. Adalberto Hechavarría Alonso. $6.99
162. *La oscura escalera*. Novela. Ramón Díaz-Marzo. $6.99
163. *La patria es una naranja*. Poesía. Félix Luis Viera.$8.99
164. *La peña de Horeb*. Poesía. José Antonio Martínez Coronel. $6.99
165. *La sangre del marabú*. Narrativa. Argenis Osorio Sánchez. $7.99
166. *La sombra de Sísifo*. Poesía. José Antonio Martínez Coronel. $5.99
167. *La sombra que pasa*. Poesía. Miladis Hernández Acosta. $7.99
168. *La veda del dinosaurio*. Narrativa. Edgar Estaco Jardón. $5.99
169. *La venganza del contrario*. Narrativa. Odalys Leyva Rosabal. $7.99
170. *La vida húmeda*. Cuentos. Carlos Alberto Casanova. $7.99
171. *La virgen sumergida o cómo mataron a Charo*. Narrativa. José Luis Riverón Rodríguez. Edición a todo color. $30.00
172. *La virgen sumergida o cómo mataron a Charo*. Narrativa. José Luis Riverón Rodríguez. Edición estándar. $9.99
173. *Las arenas del tiempo*. Poesía. José Antonio Martínez Coronel. $5.80
174. *Las dunas de la espera*. Poesía. José Antonio Martínez Coronel. $5.58
175. *Las hadas calzan botas*. Poesía infantil ilustrada. Clara Lecuona Varela.$12.99
176. *Las Hijas de Sade*. Narrativa. Guillermo Vidal y Maria Liliana Celorrio. $9.99
177. *Las náufragas porfías*. Ensayo sobre la obra de Dulce María Loynaz de Miladis Hernández Acosta. $7.99

178. *Las rosas que mañana (un museo para Dulce María).* Poesía. Mariana Enriqueta Pérez Pérez. $7.99
179. *Las sendas escabrosas.* Poesía. Yasmín Sierra Montes. $5.50
180. *Las tablillas de Diógenes.* Poesía. Eduardo René Casanova Ealo. $7.26
181. *Laurel y orégano, la hora en que no muere nadie.* Narrativa. Marié Rojas Tamayo. $19.99
182. *Laverna.* Poesía. J. W. Riter. $5.99
183. *Lengua de sapo, relatos hiperbreves.* Narrativa. Edgar Estaco. $9.99
184. *Levitas del siglo XXI.* Ensayo. José Luis Riverón Rodríguez. $7.99
185. *Libro de los prójimos.* Poesía. Miladis Hernández Acosta. $7.99
186. *Libro negro del desencantado.* Poesía. Eduardo René Casanova Ealo. $12.99
187. *Los años del principio.* Novela. José Gutiérrez Cabanas. $15.99
188. *Los caminos del agua.* Poesía. Armando López Carralero. $5.99
189. *Los cerezos de tu vientre.* Novela. Yasmín Sierra Montes. $15.99La cosa
190. *Los Césares perdidos.* Poesía. Odalys Leyva Rosabal. $6.99
191. *Los cuentos más tontos del mundo.* Narrativa. Ronel González Sánchez. $9.99
192. *Los días nuestros.* Poesía. Mayda Milián Ortiz. $6.99
193. *Los enanos de corazones.* Cuentos. Aymee Corominas. $5.99
194. *Los hilos de Ariadna.* Narrativa. José Antonio Martínez Coronel. $15.50
195. *Los imponderables reinos.* Poesía. Miladis Hernández Acosta. $5.99

196. *Los independientes de color*. Poesía. Armando Landa Vázquez. $9.99
197. *Los mapas del tiempo*. Poesía. Álex Padrón. $10.00
198. *Los maravillosos viajes de Globito*. Infantil ilustrado. Clara Lecuona Varela. $12.99
199. *Los misterios de la torre: El muerto del pozo*. Novela. Mario Luis López Isla. $9.99
200. *Los peces no lloran*. Poesía. Julián Dimitri Tamayo Carbonell. $7.99
201. *Los sutiles vástagos*: poemas dispersos. Poesía. Milho Montenegro. $5.80
202. *Luna de aire*. Poesía infantil ilustrada. Yolanda Felicita Rodríguez Toledo.$9.99
203. *Lunaciones, antología personal*. Poesía. Rafael Vilches Proenza. $7.99
204. *Lunes primero*. Narrativa. Pablo Virgili Benítez. $5.99
205. *Luz de mágica sombra*. Poesía. Yasmín Sierra Montes. $5.90
206. *Malas palabras*. Poesía de Norge Sánchez. $7.99
207. *Maravilloso zoológico*. Ilustrado para niños. Pilar Doris Gálvez Martínez. $12.99
208. *Más solo que la Luna*. Narrativa. José Alberto Collazo Oramas. $5.99
209. *Máscaras*. Poesía. Lázaro Alfonso Díaz. $5.99
210. *Mata*. Novela. Raúl Aguilar. $6.99
211. *Memorias de un kamikaze*. Poesía. Jorge Yassel Valdés Reyes. $6.99
212. *Memorias del abismo*. Poesía. Miladis Hernández Acosta. $5.99
213. *Miami, mi rincón querido. Antología ilustrada de cuento y poesía*. Eduardo René Casanova Ealo. $32.99
214. *Mirar, sufrir, gozar...La Habana*. Novela colectiva. Coordinador del proyecto: Lázaro Díaz Cala y Yoss. $11.99

215. *Misa de ratones: nueve monólogos teatrales*. Teatro. Edgar Estaco Jardón.$7.99
216. *Momentos*. Poesía. Bárbara Olivera Más. $5.99
217. *Morir en el fin del mundo*. Narrativa. Amador Hernández Hernández. $12.99
218. *Mujeres con testículos*. Narrativa. José Alberto Collazo Oramas. $9.99
219. *Mundo invisible. Poesía para todas las edades*. Ronel González Sánchez. $15.99
220. *Mundos paralelos y otros cuentos*. Narrativa. Gisela Lovio. $9.99
221. *Muros y otras historias del fin del mundo*. Narrativa. Clara Lecuona Varela. $5.99
222. *Nadar entre dos aguas*. Narrativa. José Alberto Collazo Oramas. $9.50
223. *Navegación Impasible*. Poesía. Eduardo René Casanova Ealo. $7.99
224. *No despierten a las mariposas*. Narrativa infantil. Teresa Medina Rodríguez. $7.99
225. *NoSéDónde y el País de las cosas perdidas*. Literatura para jóvenes. José Luis Riverón Rodríguez. $20.00
226. *Noventa minutos: Poemas y narraciones sobre fútbol*. Carlos Esquivel. $7.99
227. *Nuevos cortos del Pichi*. Narrativa. Rolando González Gil. $7.99
228. Orgy o fear, Orgía del miedo. Poesía bilingüe. Ismael Sambra. $7.99
229. *Otro invierno sin fósforos*. Poesía. Edgar Estaco Jardón. $5.99
230. *Pa´Cuba ni muerto*. Testimonio. Norge Sánchez. $9.00
231. *Páginas finales de la náusea*. Teatro. Miguel Terry Valdespino. $8.99
232. *País sin moscas y otros poemas*. Poesía. Félix Anesio.

$10.99

233. *Pan con mantequilla*. Cuentos. Ramón Díaz-Marzo. $8.99
234. *Pero no me toques*. Narrativa. Bertha María Gómez Sedano. $5.99
235. *Perversas mujeres contra el muro. Colección erótica de cuentos*. Odalys Leyva Rosabal. $19.99
236. *Pesadilla, tragedia y fantasmas de neón*. Cuentos de ciencia ficción. Álex Padrón. $7.99
237. *Pesquería lunar*. Poesía infantil ilustrada. Jorge Morales Morales.$5.50
238. *Philosophia Naturalis Principia Poética Matemática*. Poesía. Armando Landa Vázquez. $7.50
239. *Piano Afinado*. Poesía. Norge Sánchez. $7.99
240. *Piedra para Obatalá*. Ensayo. Yoel Enríquez Rodríguez. $7.99
241. *Pilares extendidos: diez maneras de conocer a José Martí*. Ensayo. Daniel Céspedes Góngora. $8.00
242. *Poetas cubanos en canarias. Antología*. Juan Calero Rodríguez. $9.99
243. *Por culpa del amor*. Novela. Teresa Medina Rodríguez. $15.99
244. *Por el camino verde:* Apreciación en décimas a la obra de José Suárez Verde. Ensayo. José Luis Riverón Rodríguez. $18.99
245. *Porque la lluvia no cesa*. Poesía. Yolanda Felicita Rodríguez Toledo. $5.99
246. *Primigenios, el cuerpo lírico de una nación*. Semanario copilado por Eduardo René Casanova Ealo. $7.99
247. *Puertas, boleros y cenizas*. Poesía. Yuray Tolentino Hevia. $6.99
248. Pura coincidencia. Cuentos. José Luis Pérez Delgado. $7.99

249. *Quirubín, el de Changa*. Novela. Noelio Ramos Rodríguez. $7.99
250. *Rabota*. Narrativa. Armando Landa Vázquez. $7.00
251. *Rani y la charca misteriosa*. Novela juvenil. Ana Rosa Díaz Naranjo. $9.99
252. *Recapitulación*. Poesía. Dorge Rodríguez Hernández. $7.99
253. *Retablos*. Poesía. Pedro Evelio Linares.$12.99
254. *Retazos*. Poesía. Ana Ivis Cáceres de la Cruz. $7.99
255. *Revisitación al Monte Fuji*. Poesía. Armando Landa Vázquez. $10.99
256. *Revolicuento*.com Cuentos. Rafael Grillo. $9.99
257. *Rostros*. Cuentos. Lisbeth Lima Hechavarría. $7.99
258. *Salmos por Denisse*. Poesía. Yolanda Felicita Rodríguez Toledo. $3.99
259. *Salsiquieres city*. Narrativa. Teresa Medina Rodríguez. $5.99
260. *Saltarina y el majá rastrero*. Infantil ilustrado. Delsa López Lorenzo.$13.99
261. *Santa Fe y otros relatos teatrales*. Teatro. Edgar Estaco Jardón. $10.00
262. *Sexualidad femenina, el paraíso del placer*. Dr. Octavio Gárciga Ortega PhD. $12.99
263. *Siéntate y mira: Crítica, comentarios y ensayos sobre cine*. Crítica cinematográfica. Daniel Céspedes Góngora. $10.99
264. *Sin oxígeno, sin Cristo*. Cuentos. Rogelio Riverón. $9.99
265. *Solo en medio del mundo*. Poesía. Norge Sánchez. $5.99
266. Subdesarrollo Pérez, ¡Qué envolvencia!, El arte de la simulación. Arístides Pumariega y Rebeca Ulloa. $12.99
267. *Temblor de hoja rota*. Poesía. Armando López Carralero. $7.99

268. *The Watchers*. Novela (en inglés). Asley L. Mármol.
269. *Tiempo*. Poesía de Bernardo Javier Castro Reyes. $7.99
270. *Todas las madrugadas*. Narrativa. Manuel Roblejo Proenza. $5.99
271. *Torres de marfil*. Narrativa. Yonnier Torres Rodríguez. $7.99
272. *Trampas de amor*. Poesía para niños. Carlos Ettiel. $14.99
273. *Tras el telón de celuloide: Acercamiento al cine cubano*. Crítica cinematográfica. Antonio Enrique González Rojas. $7.00
274. *Travesía la desnudo*. Poesía. Wendy Calderón Veloso. $5.99
275. *Tus luces sobre mí*. Narrativa. Maritza Vega Ortiz. $7.99
276. *Un grafiti en los ladrillos*. Poesía. Hansrruel Aldana Cabrera. $5.99
277. *Un triste cepillo de dientes*. Narrativa. Norge Sánchez. $7.99
278. *Una ciudad sin lágrimas*. Miriam Peña Leyva. $5.99
279. *Una cosa es con guitarra*. Poesía. José Luis Rodríguez Alba. $5.99
280. *Una mujer es...* Poesía. Juan Francisco González-Díaz. $5.50
281. *Valbanera: Naufragio, misterio y leyenda*. Ensayo. Mario Luis López Isla. $12.99
282. *Vértigos*. Poesía. José Poveda Cruz. 5.99
283. Viento de cenizas. Poesía. Miladis Hernández Acosta. $8.99
284. *Xarahlai La Gitana*. Narrativa. Xiomara Maura Rodríguez Ávila. $9.99
285. *Y a todo a media luz*. Narrativa. Teresa Medina Rodríguez. $6.99
286. *Yo también soy ellas*. Poesía. Yuray Tolentino Hevia. $5.99

EDITORIAL PRIMIGENIOS
CORPUS LÍRICO DE UNA NACIÓN

Made in the USA
Middletown, DE
18 December 2022